中国书籍文学馆·小说林

佳人有约

张学荣

著

中国书籍出版社
China Book Press

图书在版编目（CIP）数据

佳人有约 / 张学荣著 . —— 北京：中国书籍出版社，2014.3

（中国书籍文学馆·小说林）

ISBN 978-7-5068-4015-6

Ⅰ . ①佳⋯ Ⅱ . ①张⋯ Ⅲ . ①小小说－小说集－中国－当代 Ⅳ . ① I247.8

中国版本图书馆 CIP 数据核字（2013）第 312048 号

佳人有约

张学荣　著

图书策划	武　斌　崔付建	
责任编辑	卢安然	
责任印制	孙马飞　马　芝	
出版发行	中国书籍出版社	
地　　址	北京市丰台区三路居路 97 号（邮编：100073）	
电　　话	（010）52257143（总编室）（010）52257140（发行部）	
电子邮箱	chinabp@vip.sina.com	
经　　销	全国新华书店	
印　　刷	三河市华东印刷有限公司	
开　　本	650 毫米 × 940 毫米　1/16	
字　　数	230 千字	
印　　张	16.25	
版　　次	2015 年 1 月第 1 版　　2021 年 1 月第 3 次印刷	
书　　号	ISBN 978-7-5068-4015-6	
定　　价	48.00 元	

序

李敬泽

"中国书籍文学馆"，这听上去像一个场所，在我的想象中，这个场所向所有爱书、爱文学的人开放，不管是白天还是夜晚，人们都可以在这里无所顾忌地读书——"文革"时有一论断叫做"读书无用论"，说的是，上学读书皆于人生无益，有那工夫不如做工种地闹革命，这当然是坑死人的谬论。但说到读文学书，我也是主张"读书无用"的，读一本小说、一本诗，肯定是无法经世致用，若先存了一个要有用的心思，那不如不读，免得耽误了自己工夫，还把人家好好的小说、诗给读歪了。怀无用之心，方能读出文学之真趣，文学并不应许任何可以落实的利益，它所能予人的，不过是此心的宽敞、丰富。

实则，"中国书籍文学馆"并非一个场所，它是一套中国当代文学、当代小说的大型丛书。按照规划，这套丛书将主要收录当代名家和一批不那么著名，但颇具实力的作家的长篇小说、中短篇小说集和散文集等。"中国书籍文学馆"收入这批名家和实力作家的作品，就好比一座厅堂架起四梁八柱，这套丛书因此有了规模气象。

现在要说的是"中国书籍文学馆"这批实力派作家，这些人我大多熟悉，有的还是多年朋友。从前他们是各不相干的人，现在，"中国书籍文学馆"把他们放在一起，看到这个名单我忽然觉得，放在一起是有道理的，而且这道理中也显出了编者的眼光和见识。

当代文学，特别是纯文学的传播生态，大抵集中在两端：一端是赫赫有名的名家，十几人而已；另一端则是"新锐"青年。评论界和媒体对这两端都有热情，很舍得言辞和篇幅。而两端之间就颇为寂寞，一批作家不青年了，离庞然大物也还有距离，他们写了很多年，还在继续写下去，处在最难将息的文学中年，他们未能充分地进入公众视野。

但此中确有高手。如果一个作家在青年时期未能引起注意，那么原因大抵有这么几条：

一、他确实没有才华。

二、他的才华需要较长时间凝聚成形，他真正重要的作品尚待写出。

三、他的才华还没有被充分领会。

四、他的运气不佳，或者，由于种种原因，他的写作生涯不够专注不够持续，以至于我们未能看见他、记住他。

也许还能列出几条，仅就这几条而言，除了第一条令人无话可说之外，其他三条都使我们有足够的理由对这些作家深怀期待。实际上，中国当代文学的丰富性、可能性和创造契机，相当程度上就沉着地蕴藏在这些作家的笔下。

这里的每一位作者都是值得关注、值得期待的。"中国书籍文学馆"收录展示这样一批作家，正体现了这套丛书的特色——它可能真的构成一个场所，在这个场所中，我们不仅鉴赏当代文学中那些最为引人注目的成果，而且，我们还怀着发现的惊喜，去寻访当代文学中那相对安静的区域，那里或许是曲径幽处，或许是别有洞天，或许是，众里寻他千百度，蓦然回首，那人却在，灯火阑珊处……

第四辑 · 人间烟火

第五辑 · 世事沧桑

第一辑·台上台下

木　梳

老木，一个粗眉大眼、仪表堂堂的男子汉，却很女人地喜爱木梳。喜爱的程度，可以用爱不释手、形影不离、如痴若癫等词语来形容。

他对木梳的钟爱，应当追溯到婴儿时期。一岁生日"抓周"时，父母摆出几样东西让他抓。他先是抓了馒头，可他好像毫无食欲，又放下了。父母很高兴，儿子长大后可不能变成贪吃的馋鬼。他随后又抓了一只铜铃铛，摇了摇。悦耳的铃声也未引起他的兴趣，他随手将铃铛掷之于地。那把母亲平常梳头用的缺齿豁牙的木梳，与一支钢笔紧挨在一起。父母亲看到他的目光投向钢笔，心里高兴极了。如果他抓了钢笔，就预示着将来能够识文断字，饱读诗书，安邦治国，出人头地。可他的手却伸向木梳，而且，攥在手里再也不肯放下。

好在父亲还是个大队干部，没那么迷信。日后，仍然倾其所有，尽心尽力供他读书。

俗话说，老爱胡须少爱发。老木上小学四五年级时，就挺爱打扮，当地土话叫爱"标"。标，就是标致的意思。那年头，家家户户穷得一天三顿喝稀粥还常常断炊，人们纵是再爱打扮也没多少新衣服穿。老木的爱标，主要表现在喜欢照照镜子，梳梳头发。那头发整天梳得油光水滑。

上了初中，懵懂少年、情窦初开的老木，暗恋上了班上一名漂亮女生。他那一头茂密的头发愈加梳得纹丝不乱。同学们用"滑倒苍蝇"来形容和取笑他，意即连苍蝇落在他的头上都会滑倒。老木随身携带着的，除了胸前的一支钢笔，就是一把小木梳和一个小圆镜。

每每下课时，老木会悄悄地掏出小圆镜前后左右照一照，用小梳子精心地梳两下，宛如一个爱俏的小女生。有时，还利用光的折射原理，从镜子里痴痴地偷看那个女生。

当然，因那漂亮女生是校长的女儿，而老木只是个农家子弟，另外，那时也鲜有早恋现象，学校更是绝对禁止的。所以，他和这个漂亮女生也就不可能有什么结果。

也正因此事，老木发奋苦读，决心活出个人样，让那漂亮女生瞧瞧。

倒是兜里随身装着一把小木梳，成为他多年的习惯。

老木的人生算是一帆风顺，就像他那头黑发，永远是顺顺溜溜的。他如愿以偿地考上大学，然后顺利进入机关工作，毫无波折地当了干部。

老木当上干部后，常有出差机会。在出差地住宿的宾馆临走时，他总会将用过的一次性梳子带回家。时间久了，聚集了数十把。有的是木制的，有的是塑料的。虽然不少梳子样式差不多，但是也有区别，绝大多数宾馆为了做广告宣传，都在梳子上印上宾馆名称。

一日，老木对着镜子梳头时，忽发奇想，别人可以集邮、集报、集火花、集门票，有一个朋友还搜集各种打火机呢，我何不搜集梳子？这也算是一项高雅的爱好吧。

以后再有出差机会，老木除了带走宾馆房间里的梳子外，还会到市场上逛一逛。看见各式各样、奇形怪状的梳子，就忍不住掏钱买回来。除了自己亲自搜集，老木还委托同事、朋友帮忙。当然，同事、朋友若是花钱买来的梳子，他一定照价付钱。那时，他常说，岂有让人家贴钱帮忙之理？

十几年过去，老木的发型在变化着。从年轻时的学生头，到初入仕途的"三七开"分头，及至当上主政一方的官员后，改为大背头。永恒不变的是，他仍将梳头作为良好的生活习惯保持着。这个年龄的老木，梳头已不是年轻时的"爱标"，而是兼收保健养生、促进血液循环的功效。

老木的梳子不再揣在兜里，而是放在公文包里。往往在开会坐主席台，亦或是接受采访、面对镜头之前，为了保持良好的公众形象，便取出梳子，将本来就极整齐的头发向脑后梳去。既可盖住日渐凋零的头顶，也可透出微秃光亮的脑门，显出几分威严和气度来。

随着官场步步登高，老木接触的人多了，梳子的来源渠道也大大增多。他的下属和求他办事的人，大多掌握了他的这一特殊爱好。以前称为搜集，此时应该改叫收藏了，因为搜集的梳子档次越来越高了。老木已收藏了两大箱梳子，档次低的是宾馆饭店的，高一点的是谭木匠之类的祖传品牌木梳。更高级的，都是一些艺术品，紫檀红木的，犀牛角的，象牙微雕的，金的、银的、铜的、锡的。可谓品种丰富，材质繁多，式样各异，琳琅满目。

闲暇时，老木常常独自一人躲在书房里，搬出两大箱梳子，一把一把地欣赏把玩，在已现白发的稀疏的脑袋上梳一梳。每拿出一把，老木会回忆一下梳子的来历。蓦然发觉，竟然对很多高档梳子的来历有些模糊，说不清楚了。这些堪称珍品的梳子，可是价格不菲，上万元一把啊。每念及此，老木的头皮不禁发麻。

有天夜里，老木做了个怪梦，梦见自己出庭受审，临出庭时，依然注意公众形象，下意识地掏出梳子，梳一下头。一梳，却发现脑袋已被剃成秃瓢。

老木从梦中惊醒，出了一身冷汗。

坐 车

老万在一个有实力的局当局长，我是一个小局的局长。人家出入有小车子接送，并且那车子越换越好，越坐越豪华。而我上下班骑的是浑身都响就是铃铛不响的破自行车，车胎破了多次，补了又补，还舍不得扔。

论起来咱俩也算是同僚，真是惭愧。

惭愧倒也罢了，关键是太残酷。残酷的是，我和老万住一幢楼，他住楼下，我住楼上。每天上班之前，车子早已静静地等候在老万家门口。老万头发梳得油光可鉴，浑身穿着名牌，夹着个公文包，十分潇洒地钻进小车子，"砰"地一声关上车门，小车子呼啸而去。人家这派头，也叫局长。

而我从楼上"吭哧吭哧"把破自行车搬下来（楼下连自行车库都没有），掸了掸车座上的灰尘，把公文包挂在车龙头上，跨上车，"吱吱呀呀"地骑向办公室，活像个挨门逐户收电费的老电工。

老婆说："就你这寒酸样，也算局长。"

我只好底气不足地说："人比人气死人，如果这样比，那会连觉都睡不着的。再说，骑车上下班也顺便锻炼锻炼身体嘛。"

老婆笑我是吃不着葡萄说葡萄酸。

最令人难堪的是，我和老万碰上面了，他在上小车，我也在往自行车上骑。

他招呼我："方局长，早。"

我也回应一句："你早，万局长。"

然后，他的小车"呼"的一声开走了，我在后边骑上车，闻着浓烈的汽车尾气味，心里好不尴尬。

后来，我干脆提前一点上班，比他早几分钟走，避免这种尴尬场面。

这样，我竟然好久没见到老万。

有一天，忽然碰到老万和我同时推着自行车。

我十分纳闷："怎么？推着自行车干什么？"

老万笑笑："上班去啊。"

我不便多问，也没往深里想。

老万边和我搭话边往车上骑。只见他一只脚踏在车子上，另一只脚在地上一蹬一蹬地，蹬了很远，才歪歪扭扭骑上去。我心里想，瞧这个老万，久不骑自行车，车技都生疏了。

我到了办公室，首先安排单位一天的工作，其中一项是传达县里刚召开的党风廉政建设会议精神。

我恍然大悟。

下班回到家，和老婆说起这事，老婆说："我看未必是这原因，说不定出了什么事。"

我说："不会吧，要是出什么事，我好歹也算个局长，应该有所耳闻。咱们别瞎嚼舌头。"

那段时期，每天早上我都和老万在楼下碰面。两人打个招呼，骑上车，各自上班。我发现，随着骑车次数增多，老万的车技熟练多了，人也显得精神，从他富态的胖脸上读不出什么特别的内容。

后来得知，老万在一次体检中，查出患有"三高"：高血压、高血脂、高血糖。都是吃得多、运动少的缘故，属于富贵病，医嘱：少吃多运动。

原来如此！

我洋洋得意地和老婆说："怎么样？还是骑车好吧？"

又过了一段时期，我发现老万不再骑自行车了，又坐着小车子上下班了。我猜想，是不是老万的几种富贵病都好了呢？

一天晚上，我从外面赴宴回来，遇见老万在昏暗的路灯下跑步，有点鬼鬼祟祟的样子。很显然，他是在锻炼身体，但又怕被人看见。

我已经很长时间没见过他了，很自然地询问他的病情。

他说："这种病很难治疗彻底的，必须多锻炼。"

我说："那你每天骑自行车上下班不是很好的锻炼吗？"

他说："别提了，我骑了一段时间的自行车，引来许多非议。有的说我假正经，好表现，装出廉政的样子，几个大科局的局长指责我这么一来，让他们不好坐车子上下班了；有的群众传说我犯了经济问题，甚至说我乱搞女人，被撤职了；我们局里不少人也认为我即将下台了，人心不稳，工作快要瘫痪了，几个副局长也跃跃欲试，各怀心事，对我的位置虎视眈眈。"

我说："怪不得好久没见你骑自行车了。"

老万苦笑一下："没办法，只好晚上出来锻炼。"说完，老万又跑步去了。

望着老万远去的背影，我摇了摇头。

允 官

关心从大学一毕业，就进入政府机关工作，乡下老家的人眼红得不得了，人人都说这小子前途无量，将来指不定当到什么级别的大官呢。他家在村里的地位大大提高了，老实巴交的爹妈开始受人尊敬了。村干部隔三差五地跑到他家，和他爹妈套近乎，以前这些干部可是到了筹粮筹款才上门。那些过去常常欺负他家的大户族人家，再也不敢轻举妄动了。

全家乃至全村人，都眼巴巴地盼着关心能够当上大官。

关心自己也满怀信心，工作兢兢业业，任劳任怨。同事夸他有才干，领导表扬他有进步，鼓励他"好好干"。整个机关的人都认为这个小关是棵好苗子。后来，关心被调到领导身边当秘书，更增加了"前途无量"的可能性。

后来，真的有了提拔的机会。本来已经内定了，结果，却提拔了能力、水平都比他差的老王。事后，领导找关心谈话："小关啊，好好干，不要有情绪，你还很年轻，有的是机会。老王岁数大了，这次不安排就没机会了。下次一定安排你。"

关心说："领导您放心，我小关这点素质还是有的。"

领导就高度评价了关心的素质和风格。

小关真的毫无怨言，工作更加卖力。

后来，又有一次提拔机会。事先，领导已经透出口风了，最后，却又变化了，提拔了十分平庸的小张。

领导又找关心谈话："小关啊，好好干，不要有情绪，你还很年轻，有的是机会。小张虽然岁数和你差不多，工作也没有你强，但是却比你早来两年，也算是比你多吃了两年苦，这次不安排就摆不平，就会影响他的情绪。下次一定安排你。"

关心说："领导您放心，我小关这点素质还是有的。"

领导又高度评价了关心的素质和风格。

小关仍然毫无怨言，工作更加卖力。

后来，再次来了提拔机会。领导班子正在研究关心提拔问题时，领导接了一个上级领导打来的电话，会议研究出的结果，就变成了提拔小李。这小李比关心年龄小多了，进机关时间也远比关心短，工作能力更不如关心。

事后，领导找关心谈话："小关啊，"领导看了看关心的头上已经爬了不少白发，改口道："不，应该叫老关了。老关啊，好好干，不要有情绪，都是老同志了，要讲点风格，把机会让给年轻人多锻炼锻炼。再说，小李是上级领导的外甥，我们这里离不开上级领导的支持，人家稍微支持一下，那可是我们大家得益，事关大局啊。下次再有机会，一定安排你。"

关心经领导这么一说，本来有些不平衡的心里变得平衡了，说："领导您放心，个人利益服从全局利益，我这点素质还是有的。"

领导再次高度评价了关心的素质和风格。

关心还是毫无怨言，工作更加卖力。

机会一错再错，领导走马灯似的换了一任又一任，关心却还原地踏步。

　　终于，关心积劳成疾，住进医院。一检查，患了肝癌。

　　领导和同事们都来看望他。

　　新上任的领导真诚地对他说："最近刚有个机会，正准备提拔你，谁想你却这样子了，唉，想不到，想不到……"

　　关心淡然一笑："感谢领导，不过，我已不需要了，让给其他同志吧。"

　　大家感慨万分。

棋 局

李四刚参加工作的时候，迷上了象棋。好在机关里工作轻闲，而且那时还是个单身汉，一人吃饱全家不饿。人们就常在马路边的棋摊上看见他的身影。业余时间除了吃饭全泡在棋摊上。

先是看人家拼杀。夏天，赤着胳膊，双手抱臂，全然不顾汗流浃背；冬天，竖着衣领，袖着双手，任尔东西南北风。后来看出点门道，就时不时亲自上阵操练操练，摆兵布阵，跳马出车，杀得有滋有味，偶尔，也能赢上一两盘。

李四是个肯动脑子的人，时间久了，棋艺长进的同时，也从棋局里悟出点道理。小卒，该拱时才能拱，而且一步一步，按部就班，只能前进，不能后退；不该拱时，就在原地呆着；有时为了保重要棋子，枉送了性命。李四就联想到自己。进而想到，车，能直来直去，纵横捭阖，多像科长。炮打隔子，像那能管到自己单位的上级机关乃至上级的上级，尽管隔着子儿，也够得着插一手。马走斜路，避开锋芒，跳来跃去，左右逢源，多像副科长。想着想着，李四就把生活和棋局弄混了。

混了也有混了的好处，李四在机关便有了进步。副科长、科长、副局长，一路冲杀，左劈右挡，腾挪跳跃，竟然歪歪扭扭挺过来了，也就亲自把卒士相、车马炮的角色一一都体验了。唯有当老帅的滋味没有尝过。

这时的李四自然不会再泡棋摊。李四的棋术已很高超，在这小地方，堪称高手。高手只在心里下棋，就足够了。就像武林高手常说的：有剑便是无剑，无剑便是有剑，人在剑在，剑在心中。李四吸收棋术中的精髓，将棋局和生活有机地结合，不再只是简单地弄混了。

后来，李四将车走直路法、炮打隔子法、马走斜路曲线法等等综合起来运用，总算坐进了帅帐，当了老帅。

做了老帅，却并未尝到踌躇满志的滋味，因为既要攻又要防，常常要提防被人将军，终于有一次一不小心，损兵折将抵挡不住，被当头一炮，牢牢地将了个正着。原因是遇着了棋高一着的老帅，李四在运用棋术时又加了点发明创造，恰恰就违反了游戏规则，犯了为官之大忌。

落马之帅李四闲来无事，便上街转转，不知不觉，转悠到一棋摊旁。见一鹤发老者捋须打坐，目不斜视，旁若无人。李四像和老者心有灵犀，两人不声不响就杀将起来，直杀得昏天黑地，不分胜负。天色将晚，忽然，鬼使神差地，李四一着不慎，棋就走错了，当意识到走错的时候棋子已落地，落子无悔。李四不动声色，一步步走下去，然而，无回天之力，终于败北。

李四长叹一声：唉，棋输一盘还可再来下一盘。人呢……

瞧这李四，又把棋局、生活弄混了。

老者哈哈一笑：看来，你的棋，还差点火候啊。

跑　片

朋友老李，出身农村。小时候，爱看电影。

那时他们村还没有通上电，更没有电视可看，即使通上电，也买不起电视机。文化活动贫乏，没什么可娱乐的，一个月难得看上一场电影。一听说附近三里五庄哪个地方放电影，老李是必去的。往往一部影片看上五六遍。更无奈的，常碰上跑片。一盘片子放完，银幕上出现几个字：跑片未到，请稍等。就是说，附近哪个村也在放电影，等那里放完一盘，安排跑片的人匆匆地拿了来，到这里再放；可这里一盘放完了，那里的下一盘却还未送来，这就只有耐心等了，有时等十分钟，有时等半个多钟头，或者更长时间。

老李后来考上了大学，留在省城。在乡村麦场上看露天电影、等跑片的那段生活，就成为美好的回忆。

老李本来与我同行，舞文弄墨为生，却时来运转，行情看好，得了个"长"字。整天就陀螺似的忙，迎来送往，应酬接待。有时苦于分身无术，只有"跑片"了。比如开会，有时发生"撞车"，就只有这个会听几句，再转到另一个会场。最高记录，一天参加过八个会。职务上也是一身几任，除了本身的"长"字外，兼任这个领导小组组长，又兼任那个协会会长，某个组织的名誉主席。这么说吧，如果都排列出来，名片正反面都用上也列不完，还只能避虚就实，去粗取精。就拿吃饭这件小事来说，常常一顿饭吃几个地方，其实，老李不大喝酒，一顿最多喝个三五杯的。但场面总要应付呀。于是只好在这里吃一会儿，酒过三巡，与大家共饮几杯，便匆匆告辞，与主人道几句抱歉之词，急急地奔赴另一场宴席。到了另一场，人家都坐齐了，单等他一个，他一到场，大家齐齐地站起来。老李一拱手，连声致歉。待他坐定，众人才相继坐落。

每每谈起此类事，老李一脸苦不堪言："唉，没办法，只有使用运筹学。"

一天，老李又在两个大酒店之间"跑片"。两个酒店近在咫尺，所以，老李没像往常那样带车，省得司机还要占人家一个席位。在一个酒店喝了几盅，考虑到还有一家焦急地等他，他就匆匆步行到另一家酒店。谁想，就几步远的路，却被一辆疾驶的卡车撞倒，当即昏迷过去。肇事车主慌了，将老李抬上车，就近到一家医院抢救。

老李苏醒后，手下人也闻讯赶来了。手下人见老李醒来，连忙吩咐赶快转到第一医院去，那里的医疗技术本城第一。

在转院途中，老李又昏迷过去。到了第一医院，已咽了气。

医生说，要是早来十分钟就好了。

医生还说，如果不是转院耽搁，在就近那家医院，完全可以救活，那家医院有这个能力。

人们听了，唏嘘不已。

考　试

　　这哪儿？是古代的江南贡院？为何每个考生一个单间？

　　定睛细看，却又不是单间。摆了几十张课桌，都是双人的桌子，但每张双人桌又只坐一人。有几副面孔还挺熟悉的，有小学同学，有中学同桌，有顶头上司。还有一个，竟然是中午一起吃饭的胡老板。真是奇怪。

　　不管是古代还是现代，有一点确凿无疑，这里是考场。

　　预备铃过后，监考老师开始发试卷。监考老师的装束也是怪怪的，身着长袍马褂，顶戴花翎。他声明，此时不准答题，只能浏览试题，到正式的开考铃响了，才能下笔做题目。

　　白中举一目十行，将试卷从头到尾看了一遍，头脑"嗡"地一声响起来：这些题目竟然大多不会做。

　　当铃声再次响起的时候，考生们像运动场上听到发令枪的运动员，个个争先恐后，笔走龙蛇，"刷刷刷"地答起题目。

　　白中举抓耳挠腮。还好，第一大题是选择题，他连估带懵，不管是否正确，反正都选了。以前背得滚瓜烂熟的公式、定理，现在都忘到爪哇国去了。这次，肯定考砸了。

　　还剩最后十五分钟时，铃声重又响起。白中举看看自己的试卷，大多是空白。他急得无计可施，眼睛偷偷向左右邻桌瞟过去。可邻桌他们都右手握笔答题，左手捂住自己的卷子。白中举根本看不到。他又将头转向后面的考生，心想，后面的考生不会也捂着卷子不让看吧？还好，后面的考生在集中注意力答题，对他的动作毫无察觉。白中举的目光在后面考生的卷面上快速扫描着。他刚刚瞄到一个题目的做法，顿时心中窃喜，豁然开朗，若醍醐灌顶，差点猛拍大腿。怎么自己就没想到这个公式呢？

"干什么！不要作弊！"监考老师一声断喝。那帽翅气得直打颤，像戏台上的包公。

白中举吓得掉回头，满脸涨得通红，连脖子、耳根都红遍了。赶紧埋下脑袋，挥笔解题。心里为自己辩解：我是会做这道题的，只是公式一时忘记，现在想起来了。

可是，他刚刚落笔，监考老师走过来，不容分说，劈手将他的试卷抢走了。

他想夺回试卷，但未及回神，监考老师已经将他的考卷送到讲台上。

白中举羞愧难当，懊悔不已，心里有说不出的难受。如果他的试卷被送到校长室，该科成绩将作零分计算，严重的话，还可能被取消考试资格。那他的前途将全完了，十年寒窗苦，付水东流去。

他惊醒了，迷迷瞪瞪地，四下里望望。这哪里是什么考场，分明就是自己的办公室。原来是南柯一梦！怎么在办公室里，趴在桌上睡着了？他摇了摇头，感觉头脑昏昏沉沉的。都怪那个胡老板，中午在酒桌上，将他灌多了。

白中举使劲回忆梦中情景，觉得此梦好生蹊跷，似曾相识。从小到大，不知考过若干场试。可从未像在梦中考试这样，考得如此狼狈不堪。读书时代，他的学习成绩总是名列前茅。即使是大学毕业走上工作岗位以来，参加过的那些公务员法律知识、领导干部选拔等等考试，哪一次不是拿高分？

也许，正是这样的考试经历得多了，烙印太深，才会做这样的梦。都是应试教育留下的后遗症。白中举想。

他揉揉胀痛的太阳穴，打开抽屉，想吃一颗解酒的药丸。抽屉里，一个大信封赫然映入眼帘。他隐约记起，这是中午那个胡老板塞进来的，说是"一点小意思"。

没错，就是这家伙，搞工程的胡老板！

抬　杠

老石这人鹤发童颜，根根银发齐刷刷梳向脑后，纹丝不乱。走起路来倒背双手，挺胸收腹，目视前方。讲话声若洪钟，条分缕析，逻辑性极强，还爱夹着手势。

老石是个很不错的人。唯一让人受不了的，是他有爱抬杠的毛病。早晨到公园里散散步、打打拳，本来是怡情养性的，应该全身心放松。他倒好，和那些老头老太们说着说着，就会因某个问题抬起杠来，直争得面红耳赤，不欢而散。有人评价他是固执己见，有人骂他是个倔老头，加上他姓石，人们就叫他老石头。

老石头小的时候，小伙伴们叫他小石头。那时他就爱和小伙伴们争论问题，比如，太阳为什么会发光？人类祖先到底是不是猴子，生活在水里还是生活在陆地上？有时争辩的是先有鸡还是先有蛋之类的无聊问题。争得谁也不服输。有一回，他和一个小伙伴竟然争辩得打起来。但屁股一转，两人仍是好朋友。

读大学的时候，老石因为喜欢辩论，老师建议他转学法律，将来当一名善于雄辩的律师。

老石当然不会改专业。倒是后来从政了，雄辩的口才派上了用场。特别是文化大革命中，他的能言善辩保住了性命。

文革后，老石理所当然官复原职。而且，官越当越顺，后来还当上了一个单位的头儿。手下有上千号人，他只要一声令下，个个不敢怠慢，一一领命而去。他的话一言九鼎，没人敢违抗。开个大会，他也不需起草什么讲话稿，端坐主席台，手捧一只茶杯，滔滔不绝，侃侃而谈。台下，一片寂静，掉下一根针都听得见响声，一双双眼睛心悦诚服地盯着他。老石自我感觉良好，认为那几年是他一生中最为风光的，他的每项决策都正确，每句讲话都有道理。要不，怎么无人与他争辩，都对他唯命是从呢？这就说明问题嘛。

然而，岁月不饶人。人生再怎么风光，当船到码头车到站的时候，也得退下来。

也许是很久无人同他辩论了。退下来的老石，与人讨论问题时，一旦有人不同意他的观点，他就觉得人家故意跟他过不去。于是，他就振振有词，跟人争论不休。也不知怎的，他越是爱争论，人们越不赞同他。

再后来，老石对很多社会现象这也看不惯那也看不惯，总是说他们那个时候如何如何。言下之意，似乎他们那时的干部是百分之百的布尔什维克，现在的干部蜕化变质了。有人反对说，现在大多数的干部是好的，只是少数腐败分子败坏了党的形象。他就怒气冲冲地跟人家争辩。

一天，老石头正与人争得热闹，可能是太激动了，忽然一个倒栽葱，人事不知。醒来后，只见他手足哆嗦，口眼歪斜，说不出话来。原来是中风了！

这是他最后一次抬杠。

权

（一）

年纪轻轻的张局长对来晚了几分钟的司机大声呵斥："怎么搞的，到现在才来！不知道我要开会吗？一点规矩没有！"张局长刚上任，到上边开会要注意形象，绝对不能迟到的，再说，对司机也要来个下马威，不然，时间久了就会变油，拿自己这个当领导的不当回事。

司机老李唯唯诺诺，连连赔不是，小心翼翼为张局长打开车门，等张局长坐好了，自己才小跑着绕到小车另一侧，坐进驾驶室，踩下油门，"呼"的一声将小车开出大门。看那车子跑的架势，比局长火气还大。

（二）

车到省级机关门口，门卫手中小红旗一摆，示意不让进。老李将头伸出车窗说："我们局长来开会，能不能通融通融，让我们进去。"

门卫说："不行，凭通行证才能进入。"

老李知道没有通行证有些理亏，刚要调转车头，张局长蛮有信心地说："让我来。"

张局长摇下车窗，说："我是来开会的。"

门卫老头板着脸："知道你是开会的。"

张局长说："那你快让我们进去，要不然就迟到了。"

老头翻翻眼："看你在单位也算是个头儿，怎么这点规矩都不懂？我们这里大小也是个省级机关，没有通行证随随便便就进来，还不乱了套？"

张局长心里有气，但口气还是软下来："是你们单位通知来开会的，请您老照顾一下。"

老头直嚷嚷："走开走开，别在这里挡住后边的车。"

老李见这架势，赶紧把车倒出来。

（三）

华灯初上。车子出了省城，风驰电掣地行驶在高速公路上。张局长仰靠在车后座上，双目微闭，无心欣赏车上放的音乐，情绪低落，十分烦躁。上午一进省级机关大门，就被门卫老头将了一军。会议上，又因工作上的事被批评了一通。张局长心里非常窝火。

突然，车子"嘎"的一声停在"紧急停靠车道"上。张局长受车子惯性作用，猛地撞在前边座位上。张局长大怒，刚想发作，老李说："对不起局长，车子出了点故障。"

张局长只好压下火。

老李不紧不慢下了车，点上一支烟，吸了两口，这才走到车前，支起前车盖，捣鼓了一阵。等捣鼓好了，一支烟也抽完了。

车子又在高速公路上飞速行驶。

张局长又在想今天的窝心事。

突然，车子又"嘎"地停下了。这次没等张局长开口，老李抢先骂道："真他妈见鬼。"边骂边下车，又点了支烟，掀起车盖，不紧不慢地这里拧拧那里敲敲。

张局长朝窗外嚷嚷："快点快点，晚上还有人请我吃饭。你这速度慢腾腾的，驴年马月才能到家？"

老李嘟哝道："车子出毛病有啥办法？这可由不得你我。"吐了烟屁股，缓缓启动车子。

如此这般，车又停了三次。

张局长只有干着急，看来赶不上晚上的饭局了。

门

你面对一叠白纸，握着笔，却久久难以落笔。

你心潮起伏，百感交集，笔底下却写不出一个字。你不知道从何写起。

环顾小屋，四壁皆空，除了一床一桌一凳之外，陪伴你的，只有你孤独的影子。桌上破旧的台灯发出昏暗的光，一如你黯然伤神的心情。灯光将你的影子拉得很大，印在空白的墙壁上，影子比你的躯体大许多倍。可它再大只不过是影子，是虚的，不是真实的你。真实的你，是坐在桌子前的这个渺小的你。

于是，你感慨，人哪，有时候就是分不清哪个是膨胀的自己，哪个是真实的自己。

过去的你，要多威风有多威风，要多风光有多风光。住的是小别墅，坐的是进口车，出则前呼后拥，随口讲讲，就是指示；随便走走，就是视察。整天面对的，是笑脸，恭维，掌声，镜头。那时，你满怀壮志，豪气冲天，最喜欢的一句名言是：给我一个支点，我可以撬动地球。

你叹息一声，真是此一时彼一时啊。如今，连迈出这个小屋的门，都受到限制。

想到门，你不由得往门上看一眼。这是一个普通的木门，粗糙，简陋，油漆剥落，却挡住了你与门外世界的接触，挡住了你的自由。

你想起小时候家里的门。那时家里穷得叮当响，做不起木门，而且屋子里也没啥值钱的东西，也不需要这好门，只用一扇柴门遮蔽一下，挡挡猫狗。你家祖祖辈辈面朝黄土背朝天，日出而作，日落而息。你是地地道道出身寒门。

有道是"寒门生贵子"。你从小就有志气，立志要改换门庭。你坚信苦尽甘来这句话，以坚忍不拔的毅力，闭门苦读。终于，你跳出了"农门"，踏进了大学的门。你是小村里第一个大学生，爹娘喜得合不拢嘴，全村人都为你自豪，为你骄傲。你成为小村人教育孩子的榜样。

大学毕业后，你又凭着优异的成绩，留在城里工作，迈进了机关的大门。

幸运之门总向你敞开。你始终忘不了小时候家里那扇柴门，所以你工作兢兢业业，认真负责。于是，职务一路升迁。

然而，你是个永不满足的人。为了升迁得更快，你开始学着别人走旁门左道，挖空心思，绞尽脑汁，寻找捷径。于是，经常去叩上司家的门。当然，不能空着手去。

后来，你的级别越来越高，日子过得越来越好，住上了小别墅。小别墅装上了防盗门防盗窗，还嫌不够安全，在外围又砌了一圈高高大大的围墙。院子的门开得很大，还建了高高的门楼，既豪华又气派。

找你走后门办事的人逐渐多了起来，来家里叩门的也就多了。叩门人一般不会空着手来。你记得第一次却之不恭、收下叩门人"心意"时，心里惴惴不安了好些天。后来，随着叩门人越来越多，也就渐渐习惯了。逢年过节的时候，叩门声一次次的响起，你怕动静太大影响不好，叫妻子干脆把大门打开。这打开的门，对叩门人来说，是方便之门。可对你来说，却是走向地狱之门啊。

正是没有把好那道门，而今，才会进入这间小屋的门。进了这个门，在想回家门，恐怕是没门了。

现在，你闭门思过，后悔莫及。你想写好悔过书，尽量写得深刻一点，对世人起到警示教育作用。你希望以这一举动减轻刑罚。

然而，笔底下竟不听使唤，写不出一个字。

你凝视着面前的一叠白纸，那纸的形状，竟然也像门。

该死的门！

，开　会

一

小丁刚参加工作时，只是一个小办事员，连党员都不是，所以，除了单位召开全体人员会议时，他能参加，其余什么中层干部会、党员民主生活会、座谈会等等，都没有资格参加。那时的小丁，十分羡慕开会这一工作。能参加会议，是一种身份、资格的象征。一般来说，开会比较多的，都是各种各样、大大小小的干部。小丁偶尔参加一次会，规规矩矩坐着，而且留的是学生头，看上去极像个小学生。小丁手底下还飞快地记着，力求把领导的讲话全部记录下来。

小丁向往整天坐在会场上。

二

小丁通过几年努力，当上中层干部，成了丁科长，隔三差五地，就有参加会议的机会。每到开会时间，小丁总是对科室里新来的小于说一声："小于，我去开会了。"语气里透着一股骄傲和炫耀，感觉上似乎比小于高了一等，让小于好不眼红。小丁说着，一手拿上笔记本，一手端着不锈钢茶杯，踱向会议室。到了会议室，往往离开会时间还有半小时。他喜欢坐在前排，因为前排容易被领导的视线罩着。

三

十年后，小丁进了单位领导班子，成了丁副局长。开会的机会就多起来，几乎天天开会。这时的小丁不再只是拿着笔记本去开会，而是胳肢窝下夹着公文包，公文包鼓鼓囊囊地，里面揣着一沓一沓的会议材料。人们整天见他夹着公文包在单位里进进出出，总是急急匆匆，一副年轻有为的做派。后来，他当上局里一把手，就不只是每天有会了，而是常常一天里要开好几个会，白天开不完，晚上还得接着开。有时坐在台下听会，有时坐在主席台上作报告。有的手下人拍马屁，拿他和国家领导比，说"丁局长真是日理万机"。已当了中层干部的小于他们，望着发型由学生头改为分头的丁局长在台上口若悬河地作报告，态度十分虔诚，不停地往本子上记录，生怕记漏了一句话。

丁局长感觉开会很烦，也很累。

四

多年后，小丁变成老丁。这时，他已是主政一方的官员了，发型改梳成大背头，而且是有点秃顶的那种，颇有几分气度。坐在主席台上，被上方灯光一照，头顶微微发亮。每每有工作要布置、有上级会议精神要传达、领导指示要贯彻落实，老丁便对秘书说："召集开个会吧。准备一下，起草个讲话材料。"

往往，老丁台上讲个把小时的话，秘书们要加班加点，呕心沥血，精心准备好几天。

上 风

有个人，名叫风。此人有个特点，凡事总爱占上风。

他母亲生他的时候，一间病房里有三个待产妇。本来，医生根据仪器检查和经验判断，三个产妇中，风的母亲应该最后一个生。可是，那两个产妇进了产房后，风的母亲紧跟着肚子也一阵疼痛，进了产房。那两个产妇还在被疼痛折磨得死去活来时，风的母亲却没等在产床躺稳，就已生下了。医生说："这孩子，真是个急性子。"

小时候，风处处想强人一头。他在兄弟姐妹中排行老小，却是有好吃的，他要先吃；有好玩的，他要先玩；有好穿的，他要先穿。

上学读书后，这种占上风表现为争强好胜。学习成绩上争第一，体育上争冠军，劳动课争干重活，连回答老师提问，也都抢着举手。

有了这种争强好胜心里，风的成绩在同学中便一直遥遥领先。后来能考上名牌大学，也是顺理成章的事。

风参加工作后，很快就找好对象。结婚那天，迎亲的队伍在一座小桥上遇见另一家迎亲队伍，两家都想先过桥，占个上风，图个吉利。双方各不相让，争执不下，差点大打出手。后来，惊动警察，风家出点钱，对方勉强同意绕道，事态才平息。

在单位，风工作上力争最好，评职称力求最高，拿奖金总想最多，提拔总想最快。后来，他还真的步步登高。

然而，渐渐地，风不再满足于现状，风想占更上的风。风在靠实力争胜的同时，也学着搞起旁门左道。评职称时本来评不上高级职称，找找门路，就评上了；工作实绩不够第一，加点水分就够了；提拔不了，上下活动活动，就如愿了。

随着地位越来越高，风的占上风心理就越来越强。分房，他要位置最好采光最好结构最好；看病，要医生最好病房最好用药最好。坐的小车要不落后的，办公室要最大的，办公桌要最新的。开会想坐台上，拍集体照想坐中间，赴宴想坐上席。就连过年时单位分点鱼，都挑个儿最大的。

说起话来，更喜欢占上风。在上司面前，抢着发言，好表现自己。在下属面前，他说的话一言九鼎，不容置疑，永远正确，听不进别人的不同意见。跟同僚说起话来，他总是最有理，最能干，似乎只有他的观点最正确，别人都不如他，有时不免抬杠子，争得面红耳赤。

上了酒桌，在酒量上也想一比高下，争个第一。

这回，在酒桌上又和人家较上劲了。只见觥筹交错，高潮迭起，越战越勇。杯子越换越大，性情越喝越爽，舌头，却越喝越硬。结果，一桌子人醉倒一大半。风和一个叫牛的人又喝下一大茶杯烈酒后，双双栽倒在地，不省人事，送医院时，都已断了气。

火化时，风的尸体和牛的尸体紧挨着，在火化炉前排着长队。

这么按部就班排下去，要等到猴年马月？风的手下人和他的家人熟知风生前的性格，他风光一辈子，哪能让他临走时如此不体面？于是，他们四下里活动，又是打电话托人，又是里里外外打点。终于，把风的尸体插队到前面，提前火化了。

牛的家人老实本分，也没有门路可走，只好老老实实排队，耐心地等待。一家人正等得十分焦急，忽然，牛"哇"地喷出一口酒气熏天的秽物，伸个懒腰，长嘘一口气："这场酒醉得太死了，睡了这么长时间。"待睁开眼，转头看看四周的场面，吓了个半死。牛的家人转悲为喜。

尽管风不提前火化也不一定能活过来，但是，他的老婆和儿女们还是懊悔不迭，哭得顿足捶胸，死去活来。

❜ 请　示

老高是机关老办事员了。对工作烂熟于心，自成套路，做起来得心应手。

机关人员纷纷下海，老高站在岸上，看得心痒，便也"扑通"一声跳下去。筹足资金，领了执照，自封总经理，再放一挂鞭炮，老高的公司就算开了张。

放完鞭炮，就有人来谈业务。来人坐下后，老高倒了茶水给客人，自己也坐下来。

然而，老高不知从何谈起，尴尬地冷场一会儿，突然冒出一句："您稍等，我去请示一下。"

老高站起来走出两步，一拍脑袋，兀地想起，过去在单位经常向领导请示汇报，现在自己就是领导，还请示谁呢？于是，就回到客人身边。

然而，任凭老高怎么解释，客人死活不相信老高真是总经理，就是不跟老高谈，执意要他叫总经理来。

老高哭笑不得，恨不得抽自己几个大嘴巴。谁让自己没出息，离了领导就无所适从，还说溜了嘴要去请示？没办法，老高只好叫老婆出场，扮演总经理。

老高把老婆介绍给客人："这是我们领导。"老高说"我们领导"

而不称"总经理"，也是因为过去常这样介绍。

客人对他老婆恭敬有加，一口一个"总经理"地叫。最后，业务竟然谈成了。真是开业大吉。

其实，老婆是根据老高的意图谈的。换言之，就是老高和人家谈，也会是这个结果。

老高想，既然老婆谈的和他的意见一样，何必多此一举？然而，转念一想，人家不相信自己是总经理，有啥办法？

以后，老高一有业务还去请示，让老婆出面谈。一笔笔生意就这样做成了。

老婆回娘家了，偏偏这时来了一个客户。

老高和客人寒暄之后，为客人倒了水。

客人说："请你们总经理来。"

老高说："我们领导正在接待一个大客户，委托我先和你们谈，有什么需要拍板的，我去请示。"

客人无奈，只好和老高谈。

老高和人家谈一会儿，就说："这个问题我去请示一下。"然后，装模作样地到挂着"总经理室"牌子的屋里转了一圈，回来跟客人说："我们领导说，这个问题这样处理，你看好不好？"

又谈了一会儿，老高说："这个问题我得向领导汇报一下。"说完，又到总经理办公室转一下，回来说："我们领导说，这个事，就这么定了。"

客人欣然接受了他的条件。

客人走后，老高坐在总经理室的老板桌后面，跷起二郎腿，颇为自得地哼上两句小曲。

老高的生意越做越红火，机关上那些过去的同事们眼红得不得了。

后来，老高干脆让老婆"该干啥干啥去"，废了这个假总经理。一有客户来，老高自己直接和人家谈。不过，老高总是把客人带到业务洽谈室去谈。洽谈中，一遍遍跑到挂着"总经理室"牌子的空屋子里"请示领导"。

老婆说："何必这么麻烦？干脆挑明身份，就在总经理室谈就是了。"

老高正色道："真是妇人之见，这样谈判，回旋余地大多了。"

老高又补充一句："再说，多年来，我习惯了请示。"

心 态

老何原本是个搞业务的人，在机关里，不显山不露水。日子也过得平淡无奇，整天上班下班，吃饭睡觉，生活极有规律。在单位，只想着把业务工作兢兢业业干好，力求精益求精。不图名不图利，也不求提拔当官。那时，他对当官压根就没什么兴趣。

俗话说，人要是运气来了，山也挡不住。也许是业务水平过得硬的原因，一个偶然的机会，老何竟然提拔了！那顶官帽偏偏落在了他的头上，谁都觉得意外，连他自己也没想到。

自从有了官职之后，渐渐地，老何心理上产生了一点变化。那就是官欲变强了，对当官的兴趣高于搞业务的兴趣。提拔了一级，还想再提拔一两级，甚至提拔个三级五级的，也不过瘾。对于进入官场之后的心理变化，老何自己也挺纳闷，怎么就变了呢？按说，提拔一级，够满意的了，可怎么就不满足了呢？

老何有点欲罢不能的感觉。

想提拔，就得好好表现，除了熟悉业务、干好工作之外，还要研究点官场潜规则，做些不得不做的事。对上，要多拍马屁，工作上要早请示、晚汇报。逢年过节，该表示的，就得表示表示，分量还不能少。对同僚，经常把政治上的竞争对手往脚下踩，或者，经常从别人的背后捅捅刀子。对下，就要颐指气使，摆出点架子。不是有人说嘛，一个成功的巨人都是站在别人的肩膀上的。偶尔，老何也会耍点显得卑鄙的手腕。

对自己的这些行为，老何有时在心里自己跟自己辩白：这都是无奈之举啊，实在是不得已而为之。

这样，老何竟连连得到提拔。

据小道消息，老何近期又有提拔迹象。

然而，天有不测风云。一天，老何在一个会场上突然晕倒了。下属们顿时乱作一团，有叫单位车子的，有掐人中的，有捶背抹胸的。幸亏有个老同志头脑清醒，大声喝道："都别乱动，赶紧拨打120急救电话！"办公室主任连忙掏出手机拨打120。还算幸运，只过了一会儿，救护车就风驰电掣地赶来了。大家七手八脚将他抬上车，送到医院抢救。医院诊断说，是脑溢血，幸亏抢救及时，否则就没救了。医院给他动了大手术，他才从鬼门关捡了一条命回来。

躺在病床上那些天，看着吊瓶里的药水慢慢腾腾、一点一滴地流入体内血管，老何生出许多人生感慨。他想，人这一辈子，不就这么回事嘛，只有短短几十年光阴，却还要去争争抢抢、尔虞我诈，何必呢？

老何为自己过去的一些行为感到愧疚，甚至想到，出院后，要向那些被他打击、排挤过的人赔礼道歉。

住了几十天的院，终于出院了。医生嘱咐，必须还要在家休息一段时间，每天服药。那段时间，老何每天起床锻炼，吃饭睡觉，按时服药，生活轻松愉快，恬静安逸。

因了这次大病，提拔的机会肯定是错过了。但是，老何对组织上没有提拔自己，并不介意，似乎真的大彻大悟了。他对前来看望他的人一遍一遍感叹说，人哪，要想得开，健康和平安才是最大的幸福，其他的，都是身外之物。

来人就附和说："是啊是啊，身体是最要紧的，好好休息吧。"大家还夸赞他心态调整得好。

休养了大半年之后，老何彻底康复了，就嫌整天呆在家里憋闷得慌，便向领导请求上班。领导考虑再三，同意了，但没安排他具体工作，只让他每天来转转，看看报纸，说是为了他的身体状况着想。

不上班倒也罢了，到了班上，有些事就让他心烦意乱。在他生病期间，本来和他平级的老张提拔了，而那个位置就是原来有迹象要提拔他的。现在老张看他的眼神和说话的口气竟有些居高临下。老张原来的位置又被小李顶上了。这个小李，在他眼里不过是个乳臭未干的毛头小伙子，现在却和他平起平坐了。更可气的是，他原来的位置也被上级的上级的亲戚小王占去了。小王在他的位子上正干得风风火火，春风得意，根本没有因他老何上班而退让出来的意思。难怪领导只让他看看报纸，不安排具体工作。

置身于单位，老何感觉到大家都忙忙碌碌的，只有自己好像是个局外人，什么工作也插不上手。就连人家请他们单位的人吃饭，也不同他客气一声，如同没他这个人。

老何心理上渐渐失衡了。于是，又开始四处跑动，为前途，也为家人。

敲　门

　　老陈最近总产生一种幻觉，老是听到有人敲门。

　　一个星期天，老太婆上街买菜去了。正在家里戴着老花镜看报纸的老陈，忽然听到有人敲门。心里嘀咕，这老太婆，出门怎么忘了带钥匙，看来人一老，记性还真的不行了。便放下报纸，起身去开门。打开门出来一看，门外连个人影都没有。心想，兴许是楼上或者楼下人家的敲门声。于是，关上门，又坐到书桌前看报。然而，刚看了几行字，分明又听到"笃笃"的敲门声。只得再去开门，开了门，仍然空无一人。爬上上一层楼，又下到下一层楼，也都没有发现任何人。

　　真是奇了。

　　一天晚上，老陈刚睡下，就隐隐约约听见防盗门"当"的一声，过了片刻，"当、当"的又响了两声。老陈披衣下床开门。楼道里电灯坏了，黑漆漆的，伸手不见五指，什么也看不见。老陈向楼道里喊一声："谁呀？"

　　楼道里寂静无声。

　　老陈关了门，回到床上躺下，刚迷迷糊糊要睡着，又被两声敲门声惊醒。老陈蹑手蹑脚地走到门后，猛地一拉门。楼道里仍然静悄悄的。老陈气得往楼道里嚷："你到底是谁？想对付我就明着来，躲躲藏藏的，算什么好汉？！"

楼上楼下的邻居以为出了什么事，纷纷开门，探出头来。老陈连忙退回屋里关上门。

后来，如此再三听得敲门声，老陈让老太婆出门去看，仍然不见个鬼影。老太婆骂道："真是活见鬼！"

从那夜起，老陈失眠了。连续多日，总是睡不好。

老陈头痛得很，去医院治疗，医生开了大包小包的药，有中药有西药，有药片有针剂。吃了以后，却不见疗效，脑子里仍旧产生敲门声的幻觉。老陈不得不丢下手头的工作，住进医院。

可是，单位离不开他啊。老陈在单位当头儿，大大小小的事都要他操劳。虽说快到站了，但离"一刀切"的年龄杠子毕竟还有一年时间。他很想最后一搏，大干一番，做出点业绩来，给后人留下点念想。想不到，在这节骨眼上，竟患了这种怪毛病，影响到了正常工作。命运真会捉弄人。老陈感到好不懊恼，心里忐忑不安，没准组织上近期就对他有所调整。如果现在就调整，真让他有些措手不及。还有许多宏伟蓝图没来得及实施呢，比如有个大项目，申报上去好几年，可谓跑断了腿，磨破了嘴，最近刚刚批下来，他正准备让年富力强的中层干部王立云来具体负责组织实施。

提起这个王立云，老陈猛不丁想起一件事。前不久，这小子送了个信封来。当时老陈不在家，老太婆自作主张收下了。老陈回来后，大骂了老太婆一顿。当了一辈子领导，一直清清白白做人，岂能晚节不保？那还不让人戳断脊梁骨？

老太婆瘪鼓瘪鼓嘴，委屈地说："反正要退下来了。就这一次，神不知鬼不觉的，再说，小王提的要求也不难办。"

老陈当时一想，也是，小王的能力水平都不错，提拔一级，不会有人有意见。于是，老陈黑着脸告诫老太婆："下不为例！"

现在倒好，摊上这么个怪病，来不及对小王作出安排了。罢罢罢，拿人钱财就得给人办事，既然不给人办事，就必须把人家的钱财退回去。

一旦想通了，马上付诸行动。老陈对老太婆说："解铃还需系铃人，你收的礼还由你送回去。"

第二天，老太婆就把信封原封不动地退了回去。

奇怪的是，打那以后，老陈的病竟然不知不觉好了。组织上让他在位子上一直干到退休，政绩斐然，令人瞩目。

帽　子

毛局长上班后就端坐在办公桌前，纹丝不动，盯着手里一份全局人员名单，目不转睛，苦思冥想。

毛局长上任伊始，发现局里人浮于事，纪律散漫，工作几乎陷入瘫痪状态，便下决心改变这种状况。通过考查考核、留心细察，准备年底提拔两名得力的中层干部。可是，年底还没到，就弄得焦头烂额。

全局人员几乎都在跑官。每个人都有不同的关系，都有来头。就连保卫科看大门的老头，都是一位老县长当年打招呼安排进来的，据说是老县长老家的表外甥。毛局长一个也得罪不起，左右为难。昨夜彻夜辗转未眠，也没想出好办法。

半天时间快过去了，毛局长依然泥塑木雕似的，一动不动坐在那里。

迷迷糊糊中，毛局长忽听人声嘈杂，吆吆喝喝响成一片。毛局长暗自寻思，怎么跑到小商品市场来了？正纳闷间，有人在他耳边小声问："先生想买什么？"

毛局长说："什么也不买。"

那人又说："我知道先生心里有烦恼，眼下最需要什么。您瞧，我这玩意您肯定想买。"

毛局长极不耐烦："去去去，告诉你什么也不买，你这人怎么回事！"说毕，却忍不住往那人手里瞧了一眼。见是一顶帽子，更有些不屑一顾。敢情是个帽贩子，他能解决什么问题？毛局长禁不住打量起这个帽贩子，但见此人仪表堂堂，气宇非凡，却还脱不了小贩子的俗气，腰间扎着个大钱袋子，看那钱袋子倒是鼓鼓囊囊，看来生意还很红火呢。

帽贩子见毛局长瞧他，赶紧把帽子凑到毛局长眼皮底下，说："您看好了，这可不一般的帽子，而是官帽，很便宜的。"

毛局长眼睛一亮，随即又黯淡下去："你这只有一顶，管什么用？"

那人一笑："这您就别犯愁了，我是搞批发的，要多少有多少。您跟我走一趟，我那里品种繁多，花色齐全，包您满意。"

毛局长鬼使神差地，跟随他曲里拐弯地来到一僻静处，偌大的一个大仓库，里面整整齐齐堆放着各式各样帽子，每顶帽子上都有官名官阶，分得很细，从幼儿园小朋友用的、中小学生用的，到行政机关、国有企业、私营企业的，从官阶看，有小学生的中队长、大队长、班长、组长，有机关单位的副股长、股长、副科长、科长、处长，每个官阶之间，还细分成许多小台阶，比如队长助理、科长助理、处长助理、局长助理什么的，让你在一个官阶上爬上好几步。

毛局长看得眼花缭乱。

帽贩子问清了毛局长单位的具体情况，在一种类型里挑选了一整套大小不同、官阶各异的帽子。

帽贩子免费赠送了一副担子给毛局长。毛局长挑回一担乌纱帽，足够全局人用了。回到局里，叫人事科长把帽子一顶一顶发下去，大家皆大欢喜。毛局长十分得意。

正高兴之际，一阵电话铃响，毛局长惊醒了，原来是南柯一梦。伸手拿起电话："喂，噢，王部长，您交办的事没问题，不就是小李提拔的事嘛，好说好说。"

成　熟

一

小刚大学毕业分到机关工作，心里十分高兴。

报到那天，领导对他说，年轻人，好好干，多向老同志学着点。

小刚真的工作十分卖力，也很出色。

年轻人有年轻人的优点和特点。小刚在学校时就喜欢文体活动，现在工作了，业余时间仍然爱打打球，唱唱歌，和单位里的小青年们蹦蹦跳跳，唱唱乐乐。精力充沛，活力四射。有时一项工作顺利完成了，心里一高兴，在办公室也能哼上一两句。

有个领导说，年轻人，要稳重一点。

一年后，单位提拔了一批年轻人。小刚原地踏步。

这位领导说，小刚还不够成熟。好在年纪尚轻，继续锻炼锻炼吧。

得知此次没提拔的原因后，小刚后悔得要命。心里想，领导讲的还是有道理的，自己现在是个机关工作人员了，的确应该稳重些，唱歌、打球能当饭吃吗？

于是，小刚克服掉这个缺点。

大家再没听到小刚唱歌，也没再见到小刚打球。

二

小刚和同事们相处很好，关系融洽。和大家经常说说笑话，来点幽默，常常逗得人们哈哈大笑。

又有个领导说，这是机关，要严肃点。

到了年底，单位里又要提拔几个人。研究的时候，这名领导说，小刚总体上还是蛮不错的，但是还欠成熟，再考察考察吧。

小刚又是榜上无名。

小刚产生了一种失落感。但是不埋怨领导，领导说得在理，一个机关，怎么能成天嘻嘻哈哈呢？

小刚决心改正，这点小毛病还是能改掉的。

说起来容易做起来难。那些没有幽默感的人，想幽默都幽默不起来，而生性幽默的人想不幽默都难哟。这就有点像人们常说的，糊涂人变聪明难，由聪明转入糊涂更难。小刚有时和同事讲话，说着说着，幽默的话就脱口而出。既然下决心改了这毛病，小刚就在幽默的话刚到嘴边的时候，猛地刹住，强忍住不说出来。

这种感觉，真是痛苦。过了好长一段时间，渐渐地，才有了效果。

人们心目中的小刚，变得沉默寡言，不苟言笑。

三

可是，过了两年，单位人事变动，小刚仍然榜上无名。

这就说明，小刚身上仍然存在缺点。小刚自己是看不到自己的缺点的，请教了很多老同志，都说不清楚问题出在哪里。小刚天天苦思冥想，脑袋都想大了，也没想出个所以然来。一次，在很偶然的一个场合，有个同事透露，某领导曾经私下里评价他：小刚穿着上有些花里胡哨，不庄重，不像个机关干部。

小刚恍然大悟，原来症结在这里！细一想，可不是么，小刚平常穿得时髦一些，有的衣服大红大紫的，还有的是花格子，可能显得惹眼一点。看来，这是个大毛病，非改不可。

小刚扔掉了那些奇装异服，换上了灰色、黑色、蓝色为主色调的夹克、西装，甚至上个世纪人穿的中山装，该扣的纽扣扣得严严实实。庄重，刻板，严肃，老夫子一般，令人想起老成持重、老气横秋之类的词语。

四

有了这么多的经验或者说教训，小刚处处留心，唯恐哪里又被挑出什么毛病，再出什么岔子。他备了一个小本子，把人们对他的评价或者别人的缺点，以及自己的感悟都记下来，真可谓"吾日三省吾身"了。今天记一条"不可到处发牢骚"，明天记下"领导的文章不能随便删改"，后天记"领导讲话时别插话"，再就记"领导批评错了也莫顶嘴"、"遇事要多请示汇报"。

又过了几年，与小刚年龄或者条件相当的，都得以提拔。小刚仍然原地打转转。

当年推荐小刚进机关的领导有些恨铁不成钢地说，这小子，怎么老不成熟呢。

小刚的心得体会记了大半本子。

一天，单位一把手找小刚去谈话。小刚刚进屋，门口正巧有辆小驴车经过。一把手指着门外说，这个马车，怎么就不注意市容呢。

明明是头驴，一把手怎么说是马呢？

小刚习惯地附和说：这个马车，怎么搞的！

一把手点头表示满意：小刚，突然成熟许多了嘛！

小刚心中窃喜。但是，表情仍是一脸的谦虚甚至谦卑：还不成熟还不成熟，请您多多栽培。

可是，没等到提拔小刚，一把手调离了。

五

新来的一把手年轻有为，新官上任三把火，想提拔一批年富力强的干部，开创工作新局面。

令人意外的是，小刚再次未被列入名单。

新一把手的理由是：太圆滑，老于世故，无开拓精神。

，故　事

　　顾乡长的四爹要回乡省亲。消息一传到乡里，顾乡长就忙着布置开了：乡政府里里外外要粉刷，门口的大牌子要油漆一遍，乡招待所的环境卫生要派一名副乡长专门督促检查，通往顾四爹所在村的公路要加强养护。

　　顾四爹在北京城里做大官，已经退下了。当年，他在家乡是赫赫有名的抗日英雄、游击队长，能使双枪，令驻扎在当地的鬼子闻风丧胆。顾四爹的三个哥哥也都在抗日战争时期被鬼子杀害。顾四爹随八路军离开家乡、转战南北时，家乡已无亲人。顾乡长是远房亲戚，他不张罗接待，谁张罗？

　　离开家乡几十年，回乡一趟不容易，都七老八十的了，这是第一次，也可能是最后一次回来了。顾乡长想，无论如何要接待好，让他老人家对家乡有个好印象。

　　顾四爹回乡那天，顾乡长亲自坐小车去县里接，县里却说顾四爹没到县里。顾乡长只好回到乡政府，正在纳闷间，村里打电话来，说有个瘦老头在顾四爹家祖屋前后转悠，估计是顾四爹。

　　顾乡长曾去北京办事，顺路看望过一次顾四爹。他急忙赶到村里，待见面一瞧，那瘦老头精神矍铄，衣着朴素，正是顾四爹。后来得知，顾四爹是先坐火车、再转乘汽车、到乡里又搭三轮车回来的。

顾乡长心里很是过意不去，同时也觉得四爹也太那个了，像他这样级别的大干部，虽说退下了，但瘦死的骆驼比马大，到地方上哪一级都会热情接待，这也是他应该享受的呀。

顾乡长陪着四爹看了他家祖坟，又看了看当年狙击敌人、我方伤亡较大的大沟，还看望了小时候和顾四爹一起玩耍的几位老人。

到了中午，顾乡长请四爹上车，回乡政府招待所用餐。顾四爹却直摆手，说中午就在他的邻居瘸爷家吃，点名要吃棒子面做的饼，他还要顾乡长也留下来一起吃。

顾乡长哪里肯让，说："您老人家不知道，家乡现在也算小康了，群众自己都不吃棒面饼了，您还是到乡里吃吧，乡里还有很多干部在等您作指示呢。"

老人却执意不去乡里。

顾乡长没办法，只好打发小轿车回去，自己留下来陪顾四爹。

瘸爷家真的端上一大盆青菜汤，一摞黄亮亮的棒面饼。瘸爷说："今个是忆苦思甜饭。"

顾四爹拿起一块棒面饼，津津有味地吃起来，一边嚼一边称赞："香，香。"

顾乡长只好也掰了半块，咬了一小口，觉得这饼嚼在嘴里，都是渣子，还有点塞牙缝。

饭后，顾四爹讲起了往事："当年，我们这一带活动着两支抗日游击队，我们是共产党领导的，还有一支是国民党组织起来的。国民党这支游击队打起日本鬼子来也很勇敢，决不含糊。但是，过了一段时间，这支游击队被群众赶走了，群众不欢迎他们。而我们这支游击队却驻扎下来。一次，我负了伤，一位老大妈救了我，精心照料，每天做棒面饼给我吃，我的伤很快就好了。后来才知道，她给我做棒面饼，而她家全家老小吃的却是野菜，偶尔才能喝上点棒面粥。所以，我对棒面饼的感情特别深。我伤好以后归队的前一天晚上，拿出钱给她家算饭钱，她推挡了好半天，怎么也不愿收，我只好夜里把钱放在她家锅台上，偷偷地走了。为什么两支游击队，一支被赶跑，一支却能留下来？原因就是我们始终坚持'三大纪律、八项注意'，真正不拿群众一针一线。而那一支游击队却纪律不严，经常向群众要吃要喝。"

顾乡长由衷地说："我明白了，四爹，您这故事给我的教育太深刻了。"

顾四爹却反问道："故事？党的优良传统啥时变成了故事？"

顾乡长一时语塞。

◗闲居吟

　　说起来，吴其在官场上也算是一帆风顺，局长当了多年，仍然得心应手，左右逢源，令人眼羡。不过，岁月不饶人，该退的时候还得退。一纸任免文件上，有任职有免职，排列很长一溜名单，提及他的只有半行字。

　　干了一辈子，半行字，就退了，就这么简单！尽管早有思想准备，真的下来了，吴其还是唏嘘感慨了很长一段时间。

　　可感慨归感慨，还得适应生活。总不能人家上班时自己里里外外瞎转悠。

　　老吴是乡镇文化站站长出身，拉得一手好胡琴。从政多年，好久没摸胡琴了。好在他的功底扎实，几支曲子拉下来，就指法娴熟，运弓自如了。当年在文化站时，最喜欢拉《战马奔腾》《赛马》等热血沸腾、满怀激情的曲子。现在老了，没那劲头了，喜欢起悠扬舒缓、闲适优雅的曲子。

　　有一首音乐家刘天华作的二胡曲，叫《闲居吟》，以一种宁静的美，表现了"清、微、淡、远"的艺术情趣。老吴特别喜欢，觉得非常适合自己现在的心境，就一遍一遍不厌其烦地拉，而且十分投入。因为融入心境去拉，那指法、弓法的演奏技巧运用，修饰音的处理，都十分准确到位，甚至每个休止符都充满韵味。现在看来如果不是当年走上仕途，老吴说不定已成名成家了。

老吴有时也拉些民间小调，还自编唱词，悠然自得地唱几句。

和老吴一同退下的老黄，原先也是一个局的局长，刚退下时，心态调整得慢些，在家闲得发闷，生了场大病。老黄十分羡慕老吴神仙般的快活生活，可惜自己什么爱好也没有，病愈后，只好在门前刨个小菜园子打发时光。

老吴的神仙生活不单是拉二胡，他退下后每天还爱喝两盅。每天中午晚上各喝二两，绝不多喝，菜不要好，荤素都行。一菜一杯一壶酒，悠哉游哉，不紧不慢，滋哑有声。常常边喝边看中央电视台新闻节目，直喝得脸色红润，四体通泰。趁着酒兴，他取过二胡，自拉自唱。有时也喊老婆子一起唱。老婆子当年是公社毛泽东思想宣传队台柱子，老吴和她就是这样一拉一唱唱到一个被窝里的。

有一天，老吴受一条电视新闻启发，对老婆子说要到乡下去，把文化站搞起来。老婆子骂他神经病，是不是在家闲得无聊吃饱了没事撑的。

老吴决定了的事，谁也劝不动。他真的搬到乡下，住进了文化站，和乡里干部一样，一个星期回城和老婆度一次周末。

几个月后，原先破败不堪、门可罗雀的文化站变得亮亮堂堂，热热闹闹。如今，农村里中青年人都出去打工挣钱，老年人想看电视，可电视里净是打打杀杀、谈情说爱的东西，老年人没啥兴趣，不少人成为耶稣教徒了。老吴便组织老年演出队。这些老年人中不少人当年就是老吴的"追星族"，老吴一说，大家纷纷响应。

老吴编些小节目，自掏腰包买了戏装，天天组织排练，把教堂那些教徒都吸引过来了。

忙着这些琐事，老吴每天喝两盅的习惯也顾不上了，天天到乡政府吃食堂。

　　老吴的老年演出队到村组演出，大受欢迎。到县里演出时，也赢得阵阵掌声。老吴应掌声要求，上台表演了二胡独奏《闲居吟》。掌声再次热烈地响起。老吴再三谢幕，掌声方停。

　　这下，老吴和他的农民老年演出队可出了名了，各乡镇纷纷请他们去演出。老吴把计划生育、土地、城建、税收等农村有关政策以及农业科技知识，都编成曲艺节目排演，群众看后，觉得比干部开会讲的好懂多了。

　　老吴的二胡独奏，成为老年演出队的压台戏，总是把演出推向高潮。他不仅拉《闲居吟》，还拉《喜洋洋》《光明行》《赛马》。尤其一曲《战马奔腾》，马蹄声急，战马嘶鸣，气势恢宏，壮怀激烈，拉得人心潮澎湃，热血沸腾，犹如跃马扬鞭，驰骋疆场。

　　一次，老吴演奏《战马奔腾》，到高潮时，战马飞奔，刀戟铿锵，琴声戛然而止。与此同时，琴弦也"嘣"的一声断了。在观众如雷般的掌声中，老吴摇摇晃晃站起来，谢完幕，一手提着二胡，一手捂着胸口下了台，到了后台，"哇"地吐出一口鲜血。

　　老吴住院了。演员们都来看他，县里领导也来看他。大家安慰他，要他好好养病。老吴说："不管我的病能不能好，希望演出队不要解散。"

　　大家都说："你的病一定很快就会好的，不要想得太多。"

　　大家走后，老吴抬手偷偷揩去强忍住的眼泪。

回　忆

当领导的各有各的工作方法。老局长在位时，喜爱用开会的方式解决问题。作报告一连几个小时都不觉得累。如若几天不开会，心里憋得慌。一场报告下来，浑身上下倍感轻松。这恐怕也和作家写文章有点相似，有了创作冲动，闷在肚子里不写出来，便会坐立不安，食不甘味。一旦一篇文章、一部书稿脱手，心里就像卸下千斤担子，畅快多了。

一个局里，也就一个秘书。一开会，就得写讲话稿子。起草任务就责无旁贷地落在秘书小马头上。于是，熬夜加班成了家常便饭，小马的一双眼睛整天老是红红的，像是久治不愈的红眼病，成了名副其实的职业病。每当一份材料画上最后一个句号时，小马就长吁一口气，产生一种完成任务后的快感。大约这就叫秘书以苦为乐的境界吧。

让小马感到些许慰藉的是，老局长十分珍惜别人的劳动成果，每次讲话过后，稿子从不乱扔，年底让小马归集在一起，订成厚厚的几本，包上档案卷皮，编上目录序号，规规矩矩排列在局长室文件橱里。老局长戏称为《讲话集》，闲暇时便拿过来翻一翻。小马认为，自己的辛勤劳动得到了领导的认可，而且一经领导讲出来，也就得到了社会的承认，这就是自己人生价值的实现。

后来，老局长退了。新任局长不大喜欢开会。小马写材料任务少了，心里反倒空落落的。回想过去加班熬夜的日子，觉得那时的生活多么充实，多么美好。自然而然地，就惦记起老局长。

一天，小马忽然想起，很长时间没有去看望老局长了，便骑上自行车直奔老局长家。去老局长家可谓轻车熟路，"小马"识途。以前常常晚上或清晨，将刚写好的材料及时送给老局长，以便老局长有充裕的时间审阅修改。

十分钟后，小马便站在了老局长家大门前。正举手欲按门铃，听见里边老局长在作报告，其声朗朗，抑扬顿挫。小马细一听，这是在某次大会上的讲话稿。于是，写这篇材料时的苦和乐，以及开会时会场上寂静无声的场面，便在小马眼前活泛起来。小马透过门缝往里一瞧，老局长一个人坐在院子里的椅子上，手捧一本《讲话集》，大声诵读，极其投入，状如小学生。

小马记起，老局长平生没有什么业余爱好，无论琴棋书画，还是养鸟栽花，皆无兴趣。

小马终于没有按响门铃。

第二辑 · 城乡之间

村姑三题

小　芳

小芳姑娘不仅像歌曲《小芳》中描绘的："长得好看又善良，一双美丽的大眼睛，辫子粗又长……"而且，身材苗条，皮肤白皙。性格也很温和，文文静静，说话细声细气。不像村里其他女孩子那样，个个腰壮臀肥，皮肤粗糙，嘻嘻哈哈，说话粗野。村里老辈人都夸小芳："这闺女，到底多进几天学堂。"

小村里的女孩子一般只读到初一初二，就回来帮父母下地干活。小芳是独生女，父母对她比较娇惯，便由着她的性子让她读，她就一直读完初中又读高中。可是，即将升入高二的时候，她爹生了场大病，没钱再为她交学费，田里也缺帮手，小芳便无奈地卷起铺盖回家。小村人都说，要是让她一直读下去，兴许能考上大学。她爹病好后，也很懊悔没咬咬牙让闺女读下去。

村里的女孩大多到南方打工了，小芳也想出去见见世面。但爹妈执意反对，他们就这么一个宝贝女儿，让她一个女孩子家只身一人出去闯荡，实在放心不下。小芳也就老老实实呆在家里。其实，她也舍不得离开爹妈，他们都快五十了，爹的身体一直没有好利索，家里也确实需要她。

县里派到村里来的扶贫工作队有个小马，大学刚毕业。那天，小马走访农户见到小芳时，小芳扎条黑油油的独辫子，穿一件素花小褂，典型的村姑打扮，清清爽爽的。小芳正喂一群小鸡，见到小马，扑闪着毛茸茸的大眼睛，心里一阵慌慌的乱跳，忙低下头去。小马脸上也微微一红，本来打算到小芳家的，却跳过去到了另一家。

小马有一把吉他，上大学时买的。以前没事时，小马常坐在村头的小桥上弹吉他，边弹边唱，最喜欢弹唱的一首歌就是《小芳》。打从见过小芳并得知她的名字后，吓得再不敢唱这首歌了。

但是，不知为啥，过了一段时间，宿舍里没人时，小马会压低声音，愉快地哼起《小芳》。

又过了一段时间，小马胆子竟渐渐大起来，又经常跑到小桥上弹唱《小芳》了。不过，时间改到晚上。每当吉他声响起，就会有个人影飘然而至，做他唯一的听众。后来，小马干脆把吉他丢在一旁，咬着那人的耳朵，轻轻哼唱。

这事还是被小芳的爹妈发觉了，他们不同意闺女跟小马好。尤其是她妈，态度非常坚决，说是一个城里大学生，哪能看上乡下妹子，笃定是以恋爱为名玩弄乡下女孩，即使谈成了，将来结了婚，门不当户不对的，闺女肯定要受苦。

她妈苦口婆心劝说："城里人，害人哪。"好像她被害过一样。

小芳哪里听得进劝告，每天晚上，一听到吉他声，就像丢了魂似的，循着吉他声，悄然飘到小桥头。

爹妈把状告到工作队队长那里。

队长找小马谈话，告诫他，要老老实实干好工作，别犯时髦错误。小马再三表白是真心和小芳好，是真正的爱情。队长还是将信将疑，但人家小青年自由恋爱，也不好过分干预，只好睁一只眼闭一只眼。

没想到，小芳的爹妈又告到小马的单位上。单位领导也觉得不应干预自由恋爱，可又想不出好主意妥善解决，就把小马抽回单位，换一个人去扶贫。

小马回城前一晚，小桥头吉他声忧伤地响起。

小马唱："在回城之前的那个晚上，你和我来到小河旁，从没流过的泪水，随着小河淌。"

可小芳没来。

小马又唱："谢谢你给我的爱，今生今世我不忘怀，谢谢你给我的温柔，伴我度过那个年代。"

小芳仍没来。

小马独坐桥头，将吉他弹得如泣如诉，令人心碎。一直弹到下半夜，小芳也没来，只有小桥下呜咽的流水陪伴他。

小芳被爹妈关在家里。听着小马的弹唱，小芳一遍一遍哭得肝肠寸断。

小马一走，家里赶紧张罗着为小芳找婆家。媒婆领来一个又一个后生，小芳却一概不见，整日以泪洗面，精神恍惚。

终于，一天早上，爹妈起床后，发现小芳不见了。她妈哭得眼泪一把鼻涕一把，她爹急得踩坏了鞋后跟。

一个月后，小马带着小芳，双双回到村里，拜见岳父岳母。

看着小夫妻俩甜蜜恩爱的样子，又听说小马一家对闺女很好，做爹妈悬着的心总算放回肚子里。

趁着母亲高兴，小芳偷偷问她，当初为啥不同意他们的婚事。

母亲拉下脸："我怎么知道城里也有好人。"

小芳问："妈，您怎么对城里人成见这么深？"

母亲没好气地说："生米都成熟饭了，还提这话茬干啥？"

小芳搂着母亲的脖子，撒起娇来，一定要她回答。

母亲吞吞吐吐，欲言又止。

小芳更加心急火燎，催她快点讲。

母亲叹口气："都是陈芝麻烂谷子的事了。那年，从城里来了一伙知识青年，这当中，一个模样英俊的知青，和村里最漂亮的一个姑娘好上了。后来，知青回城了，却说姑娘是农村户口，没法安排工作。狼心狗肺的东西！撇下姑娘，一个人回城了，一去不回，杳无音信。可怜哪，姑娘还怀着那知青的骨血。你说城里人可不可恨？"

"后来呢？"

"那姑娘寻死觅活，死过几次没死成。后来，只有认命了，嫁给本村一个老实巴交的后生。"母亲说完，又叹了口气。

小芳瞅瞅母亲的脸，狐疑地问："妈，您……不会就是那个……？"

母亲急了，嗔怪地打了她一巴掌："死丫头，嚼舌头！那是后村的。"

阿　莲

阿莲和小芳是一对形影不离的好朋友。小芳在村里女孩子中长得最俊，学历最高，读过高一。阿莲却长相一般，只读到初一。阿莲处处以小芳为榜样，小芳穿什么衣服她穿什么衣服，小芳留什么发型她留什么发型。后来，小芳嫁到城里，阿莲十分羡慕，也想嫁到城里，便缠着小芳，求小芳在城里为她找个地方打工。

小芳说，城里很多人下岗，工作也不好找。但说归说，还是通过公公婆婆的关系，费了好大的劲，为她找了份在医院打扫病房的工作。

在医院干了一阵子，阿莲嫌医院的工作又苦又脏。一个叫什么经理的住院病人，给她介绍到一家饭馆。饭馆里虽然工作时间长点，但洗菜端盘子的活，毕竟不太重，而且吃得好。

在饭馆吃了几天好饭菜，阿莲变得白白胖胖。领了工资后，添了几件新衣裳，戴上城里女人用的海绵垫得高高的那种胸罩，再买几样化妆品涂涂抹抹，阿莲觉得自己不再那么土气了。阿莲在学着城里人穿着打扮，模仿城里人的讲话腔调，揣摩城里人的一举手一投足。

阿莲休假回家，村里人都快认不出了，小姐妹们十分眼馋。小学同桌铁蛋见了她，眼睛直愣愣的，能冒出火："哟，真是女大十八变，越变越水灵了。"

阿莲听了，心里美滋滋的，学城里人那样，十分优雅地一笑，说了句"谢谢"，昂着头，挺着胸脯，高傲地走了。

这个铁蛋，阿莲在家时，心里还偷偷想过他，现在见面，不知怎的，心也不跳脸也不红了。用城里人的话怎么说来着？对，叫没感觉。

那时在乡下多可笑，真没见过世面！

阿莲已经有意无意地称老家为"乡下"。

阿莲休假在家的几天里，不断有人上门说媒提亲，其中有几个后生很不错，喜得爹妈合不拢嘴。阿莲却统统拒之门外。

阿莲一心想嫁一个城里人。

　　有天晚上，饭馆打烊时，阿莲发现角落里一个中年人喝醉了，趴在桌子上。阿莲轻轻摇醒他，把他扶到门外。不料，这人"哇哇"地呕吐起来，把阿莲的衣服也弄脏了。阿莲担心出事，就叫了辆三轮车，交了车费，让三轮车送他回家。

　　第二天，这人来道谢，阿莲才得知他姓丁，是个不大不小的老板，住在这个小城有名的别墅区。

　　此后，丁老板经常到饭馆来。来了就点了酒菜，一个人自斟自饮，总是喝到饭馆关门才离开，见了阿莲就聊几句。渐渐地，和阿莲就熟络起来。从聊天中，阿莲知道了丁老板总是一人来喝酒的原因，是老婆正和他打离婚。

　　阿莲想，城里人这是怎么了。丁老板有钱有别墅，长相、脾气都很好。放着这么好的日子，老婆怎么就不好好过呢。

　　时间久了，如果丁老板几天不来饭馆，阿莲竟有些挂念，心里空落落的。

　　又过了半年，阿莲和丁老板的关系，发展到一日不见、如隔三秋的地步了。丁老板十分疼她宠她，送了一个"随身听"单放机给她，还送了一盒磁带，上面有首歌，叫《阿莲》。丁老板说，只要离婚手续一办成，就和她结婚。阿莲感到十分幸福。她终于要嫁给一个城里人了，她的人生目标眼看就要实现了。她的榜样小芳，比她早嫁到城里，但只嫁了个拿干巴工资的。而她阿莲，将要嫁给一个有钱有别墅的老板。

　　然而，丁老板和老婆的离婚问题迟迟没有解决。阿莲非常着急。

　　比她更急的，是她的肚子。她的肚皮鼓起来的速度，远比丁老板的离婚速度快得多。

　　丁老板要她把肚子打掉，阿莲哪里肯让，死活也要把幸福的种子留下来。眼看阿莲的肚子遮盖不住了了丁老板没办法，只好在外面租了一间房子让她住。

直到阿莲生下儿子，丁老板还没离成婚。儿子现在三岁了，丁老板仍然没离成婚。

丁老板很疼爱他们，常来看望母子俩，也常在此留宿。

丁老板不在这里的晚上，阿莲常常在哄睡孩子后，戴上"随身听"的耳机，一遍一遍地听那首《阿莲》："阿莲，你是否能够听见，这个寂寞的日子，我常不停的思念……"

阿莲总是听得泪水涟涟，仿佛真的听见丁老板在小别墅里思念她的叹息声。

阿　娇

蓝蓝的夜空，挂着弯弯的月亮；弯弯的月亮下面，流淌着弯弯的小河；弯弯的小河上面，停泊着弯弯的小船。

弯弯的小船上面，坐着眉毛弯弯的俊俏阿娇。

小船系在岸边的歪脖子老柳树上。阿娇的心却无处可系，一片迷茫，没着没落。

"阿娇，饭都凉了，快进来吃吧。"爷爷这是第几次叫她，阿娇已记不清了。

阿娇双手抱膝，在船头凝坐成一尊雕塑，纹丝不动。听着爷爷苍老的声音，阿娇的眼泪又一次涌出来。

一阵秋风吹来，阿娇打了个寒噤，缩了缩脖子，抱紧了双膝。

爷爷从船舱里出来，手里拿着件衣服，给阿娇披上。爷爷疼爱地拍了拍阿娇的头："好孙女，不管多大的委屈，受也受了，莫再想了，回来就好。"

阿娇从没见过父母，她是爷爷在渡口捡的，打小，就在这渡船上长大，与爷爷相依为命。下午，阿娇从城里一回来，爷孙俩相见，抱头痛哭。哭了一阵后，爷爷破涕为笑，高兴得像个小孩，翻出好久不用的渔网，要打几条鲜鱼，晚上为阿娇做一顿鲜美的鱼汤。爷爷老了，好久不打鱼了，那网撒不圆，也甩不远。看着爷爷吃力地把渡船撑到河中央，再吃力地撒网的样子，阿娇心里酸酸的，恨不得一头扎进河里，可她最放心不下的，就是年迈的爷爷。

另外，她还挂念着一个人，就是青梅竹马的柱子哥。

小时候，柱子哥天天到渡口来玩，和阿娇一起在芦苇荡里逮蚂蚱掏鸟窝，一起下河捞鱼摸虾，一起玩抬花轿游戏。抬花轿时，小伙伴们总是推选柱子当新郎，阿娇当新娘。

又一阵风掠过，沿岸绵延数里的芦苇荡沙沙作响，小船晃晃悠悠。阿娇的心也摇摆不定。今晚，柱子哥会不会来看她呢？阿娇拿不准。她的心底里十分盼望柱子哥能来，希望柱子哥仍然像以前一样喜欢她。

可是，阿娇已不是去城里打工以前的那个阿娇了。阿娇觉得对不起柱子哥。

阿娇春天临走的那晚，天空也是这么蓝蓝的，月亮也是这样弯弯的。她和柱子哥坐在河岸上，说了好多悄悄话，柱子哥还顺手掐了一节芦苇，做了支芦笛，吹一首叫《弯弯的月亮》的歌，歌里唱的那个人也叫阿娇。阿娇非常开心。柱子哥是村里小学校的代课教师，肚里墨水多着呢，吹拉弹唱样样在行。那天晚上，柱子哥亲了她。这是他俩头一回亲嘴，阿娇吓得胸口"咚咚"直跳，脸上火辣辣地发烫。幸亏是晚上，要是白天，脸上肯定羞得像块大红布。

那晚，柱子哥说，真舍不得让她走。阿娇也舍不得离开柱子哥。但是，她想出去见见世面，更想打工多挣点钱回来。爷爷老了，摆渡已很吃力，离渡口不远的地方又新建一座桥，摆渡赚不到钱了。

万万没想到，在城里，她会被坏人骗到那种地方，老板逼她陪客人……真是生不如死，可每天有人看住她，想死又死不了。好不容易捱过了一些日子，那伙人放松了警惕，她才逃出虎口。

现在，阿娇非常想见到柱子哥，伏在他厚实的肩膀上大哭一场。可是，自己还有脸见他吗？

夜，很深了。

阿娇不时地向岸上张望，岸上却连个人影都没有，偶尔有野兔"嗖"的一声蹿过去。

这么晚了，看来，柱子哥不会来了。傍晚的时候，柱子的妹妹从河对岸的田里做活回来经过渡口时，阿娇特地和她打了招呼，她一定会把阿娇回来的消息告诉柱子的。柱子哥知道她回来，却不来看她，难道...真的嫌弃她了吗？

其实，阿娇不知道，她的柱子哥也没有吃晚饭，此刻，正木呆呆地仰躺在床上，双手枕在脑后。他真想马上见到心爱的阿娇。可是，阿娇在城里的遭遇，让他痛苦、心碎。村里人会怎么议论这件事，怎样看他柱子？他今后还怎么面对他的学生？

夜凉如水。阿娇快要绝望了。

忽然，远处隐隐约约传来芦笛声，芦笛声越来越近，分明是吹笛人向渡口而来。阿娇细一听，正是那首《弯弯的月亮》：

"遥远的夜空，有一个弯弯的月亮；

弯弯的月亮下面，是那弯弯的小桥；

小桥的旁边，有一条弯弯的小船；

弯弯的小船悠悠，是那童年的阿娇。

……"

阿娇"腾"地站起来，跳下船，向岸上奔去。边跑边大声喊道："柱子哥——"

芦笛声戛然而止。旋即，传来响亮的回应："阿娇——"

河荡上空回荡着："阿——娇，阿娇——，阿——娇——"

同学老范

老范本不姓范，姓吴。上世纪八十年代，在我们当时的高考复习班里年龄最大，补习时间最长，同学们拿他跟语文课本上《范进中举》里的范进作比，称他为老范。他自己也常引用《范进中举》里的话说："'自古无场外举人'。不参加高考怎么能考上大学呢？抗日战争也才八年，我不信就考不上！"

老范家兄弟姐妹多，经济状况较差。补习这么多年，费用都是东挪西借来的。因为常常没钱买菜，老范吃饭时就躲在宿舍的角落里，用酱油泡米饭。

那时的老范，因为整天忙于学习，身上的旧中山装，永远皱巴巴的，不到实在看不下去，是舍不得花时间去洗的。两条蓝洋布裤子互相倒腾着穿，两条裤子的屁股上，补着几乎一模一样的大圆补丁，不知情的，还误以为他一年四季只有一条裤子。足下的黄解放鞋，散发出缕缕汗臭，到了晚上入睡后，那双臭气熏天的解放鞋常被忍无可忍的同学偷偷扔到门外，以致他第二天早上起身后，趴在床边上，把头伸到床底下到处找鞋。花白头发乱稻草似的堆在头上，头皮屑飞扬，肩挂"霜花"，被人形容为"雪上加霜"。由于经常熬夜，成天睡眼惺忪，总让人怀疑他是不是在梦游。同学们瞧着他摇头晃脑孜孜苦读的模样，心里都不是滋味。因为大家都是补习生，少的补一两年，多的三五年，唯恐自己将来步其后尘，补习到他这个年龄仍与大学无缘。老范常常用"天将降大任于斯人也，必先苦其心志，劳其筋骨，饿其体肤"之类的名言来勉励自己，有时又自嘲说他是大器晚成。

老范信心十足地考了一年又一年，可谓屡败屡战，精神可嘉。然而，命运却总是捉弄他，每次都离分数线三两分，遗憾地被大学拒之门外。后来超龄了，才不得不放弃大学梦。其实，早在前两年就到龄了，是他找关系瞒报了年龄，才多考了两年。

老范的心理素质尚好，从学校卷铺盖回家，面对债务，没有绝望，只是昏天黑地蒙头大睡了两天，补足了觉，就下地干活了。但是，一亩三分地里根本刨不出金娃娃来，地里的收入太低，一年累死累活苦下来，仅够还掉债务的零头。原先借钱给他的人家，当初和老范想法一样，以为他能补习几年，考上大学，根本不愁还不上债。现在看着老范名落孙山，一心一意和村民们一道刨土坷垃，不由得发急了，纷纷上门讨债。

父母亲愁得唉声叹气。自己读书欠下的债务，总不能让年迈的父母去偿还。无奈之下，老范背起从学校背回的那个破被卷，去了南方。

先是在一家建筑工地做小工，给人家抬砖头、筛沙子、和砂浆。每天，身上的衣服被汗水湿透若干遍，有时，将衣服脱下来拧一拧，再穿到身上，继续干活，稍有懈怠，便遭到工头的呵斥和责骂。一天做下来，浑身酸痛，骨头像散了架，往下一坐就不想站起来，能躺下睡一觉是最大的愿望。晚上，二三十个工人挤在一间工棚里，里面充斥着饭馊、脚臭、汗腥等各种气味，地上用稻草打着一长溜地铺。尽管如此，只要有个容身之处，往下一躺，准会睡得很香。

这样辛辛苦苦一天，仅挣十块钱。

老范仍然时常拿"天将降大任于斯人"、"劳其筋骨"之类的话自勉。然而，到了年底，工头只发给大家回家的路费和二百块过年买肉买鱼钱，说是大工头欠他的钱不给，他这个小工头总不能自己掏腰包给大家发工资。

那年过年期间，老范整天躲在家里，大门不出，二门不迈，生怕债主上门讨债。

第二年春上，老范不愿在建筑工地上干了，跑了很多工厂，好不容易有一个厂家答应试用。工资虽然低些，但总算可以按月领取。平时省吃俭用，终于在几个月后还清了债务。这时候的老范，每天上班下班，吃饭睡觉，生活挺有规律。花白头发染得油黑发亮，衣服也变得干净清爽了，还买了一套西装，往身上一穿，人就显得格外精神。

那年麦口回家收麦子，村支书家的胖闺女竟然相中了他，到了年底，由村支书操持，摆了几桌酒席，就把喜事办了。乡下人也没那闲情逸致度什么蜜月，婚后一个星期，老范就带着媳妇一起回南方，将媳妇也介绍在厂里打工。不久，老范被任命为车间副主任，厂里还给分了一间宿舍，小两口有了个窝，小日子过得美滋滋的。

老范对眼前的生活状况十分满足。常常想，当年即使考上大学又如何？还不就是跳出农门，拥有一份工作嘛。自己现在比那些考上大学的同学差多少呢？这样一想，自己就为当年反复补习感到可笑。老范开始自信起来，与上了大学的同学书信往来。春节回到老家，不再自卑地闭门不出，而是十分踊跃地与同学们互相联络走动。每年，还在县城一家大酒店宴请同学老师一次。

这些年打工的情况，都是他在同学聚会时讲的。

　　时间过得真快，一晃十几年过去了，好像只是一眨眼的功夫。人们心目中的老范，还是个打工仔。

　　忽然有一天，当年补习班的同学们传说，老范要回来了，不是平时那种休假，而是回来不走了。用眼下时髦话说，是返乡创业投资。县里领导都亲自出面接待他，一个劲地和他喝酒碰杯呢。

　　作为他的同学，大家都为他高兴。有不少同学说，这个老范，真的大器晚成呢！当年考上大学的同学，在高兴的同时，心里还有点酸溜溜的。不过，当听说老范如何打双份工，后来做到总经理，年薪就好几十万，又如何业余钻研技术，拿了好几个奖项时，大家都赞叹：不容易，不容易！有两个当年考上大学的同学，现在正面临下岗，还准备跟着老范干呢。说白了，是给老范打工。只是他们自己嘴上不好说、老范也不许提这个字眼罢了。

　　同学们为老范一家三口在大酒店接风。席上，大家称老范夫妻俩为老板、老板娘。老范八岁的儿子急着嚷："我爸是老板，我妈是老板的娘，我跟我爸怎么喊呢？"这小子，讲一口普通话。

　　老范的老婆笑得咯儿咯儿的："你想怎么喊就怎么喊。"

　　大家都开心地笑了。

　　老范疼爱地照着儿子头上拍了一巴掌："你个小兔崽子。"

两个老头

　　赵老头是个城里的老头，长得白白净净，鹤发童颜；李老头是个乡下老汉，头发灰白，脸色黝黑，满脸皱纹刀刻一般。

　　赵老头原来是一个单位的头头，已经退下了，自称为卸了套的老黄牛；李老头是当地十里八村闻名的种田好把式，地里的活计已不做了，自嘲说退休了。

　　赵老头早晨起来到公园伸展伸展胳膊腿，舞舞太极剑；李老头早晨起来，没有公园可去，就到菜园里，捉捉虫，松松土。没有剑可舞，就舞起大扫帚，打扫庭院。

　　赵老头爱静，平时在书房练练书法，作作画，看看书；李老头爱热闹，每天饭碗一推，就去串门跟老伙计们拉拉呱，或去逛逛街。

　　赵老头和李老头原本是同村同族，小时候还是一对要好的伙伴，他们一块儿上树掏鸟蛋下河捉泥鳅，一块儿上学读书。只是赵老头考上了大学，留在城里工作。李老头却名落孙山，就回到乡下，跟他爹学起了耕犁打耙。

　　两个好伙伴就这么一个城里一个乡下分开了。不过，毕竟是好伙伴，他们偶尔还走动走动。

　　赵老头身在城里，却常记挂着乡下，也记挂着儿时伙伴李老头。在城里呆久了，捉泥鳅、掏鸟蛋的那些村野生活变成了富有诗情画意的美好回忆。只是苦于工作太忙，不能经常回乡下。后来父母过世了，回去更少。赵老头常和老伴唠叨，等退休后一定搬到乡下去住，每月只回城领一次工资。乡下多好，空气新鲜，没有城里的喧嚣，可以安安静静练练书法，作作画。再侍弄个小菜园，既可锻炼身体，又能吃上时鲜蔬菜。

李老头每次到城里看望赵老头，回到家就会眉飞色舞地向老婆孩子描绘城里如何如何好，住的是高楼，走的是平坦的大马路。讲得让老婆孩子羡慕不已，心里痒痒的，一脸的神往。李老头和婆娘商量，无论如何让儿子考上大学，到城里工作，老两口也好跟着到城里享享清福。城里多好！李老头做梦都是放平脚步，走在城里柏油马路上，不再脚抬老高走在坑坑洼洼的土坷垃路上。

后来，赵老头和李老头都如愿以偿了。

赵老头退休后，女儿到国外工作了。他终于和老伴搬到乡下。把老宅修缮了一下，清清亮亮的一个农家小院，比城里的单元楼宽敞多了。院墙根点上丝瓜、豆角。过了不久，院墙上就爬满青藤。

李老头的儿子没有让父母失望，终于考上了大学，后来在城里工作，结婚后有了自己的住房，比赵老头原来住的单元楼面积大多了。李老头梦想成真，和婆娘住到儿子家，享起了清福。

回到故土的赵老头，每天早起打扫庭院，然后侍弄菜园里一畦青枝绿叶的蔬菜。炊烟袅袅，母鸡咯咯，公鸡打鸣，小狗嬉戏。赵老头沉醉在田园诗里。赵老头暗笑：李老头不会享受。

住进城市的李老头，每天早上也学城里人的样子，到公园里走走，甩甩手，踢踢腿。走在大街上，高楼林立，车水马龙，热闹繁华。李老头推想，南京、北京那些大城市，也就比这小城大点、楼房高一点、马路宽一点、人多一点罢了。继而感叹，城里真像天堂，赵老头怎么就身在福中不知福呢。

时光不紧不慢地流过。

赵老头搬到乡下半年有余了。一个雨天，地面泥泞不堪，赵老头行走不慎，滑倒了，摔断了小腿骨，村里医生不敢治，乡医院说设备跟不上，没法拍片子。赵老头只好转到城里医院医治。跌打损伤得一百天才能痊愈，住在城里单元楼里，弄个家庭病房护理，十分方便。赵老头就联想到乡下的行路难、治病难，再想想大半年来的乡下生活的种种不便。与乡下邻居间也没什么家常好拉，说不到一块儿去。那些鸡鸭、蔬菜，侍弄久了，也枯燥、生烦。这样想了好多，就觉得乡村生活不再富有诗意了。忽然产生想搬回城里的愿望。跟老伴一提，老伴说早想搬了。

李老头住在儿子家好几个月后，也感到不习惯。高楼大厦、车流人流看久了，觉得没啥意思，城里人要比乡下人多吃多少灰尘。闷在屋里，儿子、媳妇上班后，老两口孤单得很，想上街，街上车子多又不安全，单元楼里家家关门闭户，也没法串门子，就是串了，跟城里人也说不上话。儿媳妇还嫌李老头仍像在乡下那样说起话来，高嗓大门。

终于，赵老头搬回城里，李老头回到了乡下。

赵老头总想，乡下那生活，李老头几十年怎么过的。

李老头常纳闷，城里那日子，赵老头咋活到恁大岁数的。

文艺工作者老白

老白小时候装猫像猫装狗像狗，自认为有点表演天赋，便去报考了乡剧团，还真的一下子就考上了，被安排跑跑龙套、搬搬道具。

老白只有初中毕业底子，尽管有点灵气，却也只能演些小丑、衙役、轿夫之类的角色。从未演过主角，更未大红大紫过。好在老白聪明灵活，遇着剧务之类的活抢着干，和剧团团长、文化站长乃至乡里的领导走得勤。俗话说：阎王爷喜欢勤溜鬼。这些大大小小的头儿对他的印象颇好，都夸赞：小伙子，不错，好好干！

多年后，乡里财政拮据，不给拨款，剧团效益又不景气，就解散了。老白因和各路头头们关系密切，被留在文化站。

凭着在乡剧团学来的一点演技，老白三混两混就当上了文化站长。后来，因为一次群众文艺活动组织得好，县里调他到县剧团当团长。

县里每逢元旦、春节、五一、国庆之类节日或其他庆典活动，老白都主动请缨，跑资金、跑演出单位，或拉赞助，或外请演员，忙得不亦乐乎。时间久了，县里一有演出活动就找他牵头组织。完成一次演出，他风头出了，领导也表扬了，往往还能赚点奖金、加班费装进口袋。

但是呢，县是个小县、穷县，演出条件太差，设备简陋，有时连演出服都没有，常常闹出些笑话。比如，演出中，主持人报幕后，演员上场了，音响师那里却放错了伴奏带。演员刚一张口，一听音乐不对劲，就僵在台上。等了一会儿，音响师仍找不到伴奏带，演员只好先下场。主持人上来说声对不起，又报了下一个节目，让下一个节目先演，演完了，这边音响师才找到伴奏带，那个演员才又上场。有时，伴奏带因机器设备差，还常常卡壳。有时，演员唱着唱着，话筒突然不响了，演员仍对着话筒干着嗓子吼，将一首歌坚持唱完。就像运动场上跑在最后的运动员，明知拿不到名次仍坚持跑到底。好在经常出这样的问题，演员和观众都习惯了。演员这样坚持唱完，也令人感动，观众仍报以掌声。如果观众不肯鼓掌，坐在观众席里的老白就带头鼓掌，他一带头，观众的掌声也就稀稀落落地响起来。

有一次，一个演员因缺少演出服装，穿着平时穿的紧身健美裤就上了台。根据剧情需要，有个大幅度的跨步动作。平时排练多次也没出问题，不想，正式上台演出时，一抬腿，"叭"的一声，裤裆开裂了，露出里面的红裤衩。台下一片哄笑声、口哨声。这演员羞红着脸下台了。小县城的人互相之间大都认识，这还怎么见人。这演员躲在家里足有一个月没敢出门。

尽管如此，老白仍然一次又一次组织演出活动，整天跑上跑下，跑前跑后，乐此不疲。

偶尔，选个节目送去市里参加调演，也能获个三等奖、优秀组织奖之类的奖项。老白就高高兴兴地给县里主要领导和分管领导报喜。县里领导再一高兴，就应老白的请求，叫秘书起草个贺信，让老白带回去。老白趁着领导心情好，就向领导诉说剧团经费不足的苦衷。领导动了恻隐之心，往往还会答应批拨点经费。老白回去向全体演出人员传达县里领导的指示精神，说些希望大家再接再厉，再创佳绩，再登新台阶之类的套话，还将领导批拨的钱拿出一些来，给大家发点奖金。大家对老白这样的领导还是挺服的。老白的组织能力就又一次得到大家的认可。

其实，大家都心知肚明，大凡这类评奖，所有参赛单位基本上都在搞平衡的情况下获得一两项。如果节目本身实在评不上奖，也能弄个组织奖、特别奖之类的来安慰安慰，图个皆大欢喜。

虽然多年来组织过数场文艺演出，但是，老白的内心里还想自己上台演一把。只不过，当了领导，再上台演出，万一演砸了，有损领导形象。老白有时喜欢戏中某个角色，就会偷偷练一练，唱几嗓子，不过，从不正式登台演出。

今年，老白组织排练的一个节目去省里参演，竟然破天荒地得了一等奖。这一等奖可不是搞平衡搞来的，而是凭实力得来的。老白很兴奋，请演员们喝了顿庆功酒。老白一不小心喝多了，出门时被绊了一跤，头部受伤。

从此，老白的脑子就出了问题。人们常常看到老白跑到舞台上，疯疯癫癫唱戏，唱他以前偷偷练过的那些戏。

思乡园

洪福是个乡下老汉，是个住在城里的乡下老汉。

人们都叫他福爹。他中年得子，晚年跟着儿子进城享福。进城享福却又闲不住，在儿子家小别墅前开挖了一畦小菜园子。园子里红红绿绿的，长满青菜萝卜，蒜茄瓜豆。

对于侍弄菜园子，洪福老汉可是行家里手。年轻时，就精通刨园。一开始，只在自留地里种点瓜果蔬菜。后来，分田到户，就大面积地种蔬菜。可比种粮食划算多了，他家在村里最早当上了万元户，因此才有钱供儿子读完中学，又读大学，直至他在城里参加工作。

乡下的大块田地都能侍弄得好，到城里摆弄这畦小菜园还不是小菜一碟。只是菜园太小了，工具也得变小：农用的大铁锹、大铁锨换成了花锄、花铲；在乡下用大木水桶担水浇地，现在改用浇花的喷壶。洪福老汉把菜园当成花园来服侍了。每天早早地起床，蹲在菜园子里，手持小花铲，这里挖挖，那里修修，把个小菜园弄得平平整整，地肥苗壮，红是红绿是绿。

当官的儿子笑说：这是农业小盆景，属于观赏农业。儿媳妇对丈夫说，老爷子是不是想家了，把乡下的景色浓缩到这小菜园里。经这么一提醒，儿子说给小菜园取个名，叫"思乡园"，啥时亲自题几个字立在边上。儿子说归说，因公务太忙，一直没抽出空题字。

洪福老汉仍整天泡在小菜园里。为了让他的青菜豆角成为无污染的绿色食品，他特地买了便盆和老式马桶，收集儿子一家的大小便。儿子一家很不情愿，嫌太脏。洪福老汉眼睛一瞪："咋？一泡尿抵上三担草木灰，越臭的肥料长出的粮食越香！大小便都用水冲掉，多可惜！"说得儿子一家三口哭笑不得。

看着洪福老汉花白的头发在青枝绿叶间晃动，儿子心疼地说："爸，您劳累一辈子，接您到城里来就是享享清福的，怎么就闲不住呢？在家看看电视多好，实在闷了，就出去散散步，跟人家老头老太学学打太极拳，或者去公园遛遛鸟什么的。"

"我不习惯打拳遛鸟那些花花事，跟那些人话也说不拢。"洪福说。

儿子又说："我们家啥都不缺，哪里缺这几斤青菜几根葱蒜呢？"

"可我自己种出的东西，吃在嘴里觉着香。"洪福头也不抬，用花锄锄草。

儿子了解他的脾气，没法说服他，只好由着他的性子。儿子一家是不屑刨这小菜园子的，别人看到了，还以为怎么小气，连几根葱都舍不得买呢。

可是，最近一段时间，儿子常蹲在小菜园旁边，看洪福老汉在园子里忙活。

一天，洪福叫儿子："给梅豆浇浇水。"

儿子叹口气，老大不情愿地拿过喷壶浇水。这是他头一回走进菜园子。可浇着浇着，老是走神，以致一壶水全浇在一棵梅豆上。

洪福说："你看你，乡下的活计都忘了，水都不会浇了。"

儿子没吭声。过了一会儿，叹口气。

洪福说："咋？有心事？"

儿子还没吭声。

洪福说："咋没见小车来接，你也不忙了呢。"

儿子欲言又止。

洪福停下手中的活："坎儿大不大？"

儿子嗫嚅："不大。"

洪福直起身子，捶捶后腰："那就好，没有过不去的坎。其实呢，我开这菜园子，一来活动活动身子骨，找找乐子；二来呢，就是想给你提个醒，不管啥时，莫忘本。"

儿子叫一声："爹。"

洪福说："种瓜得瓜，种豆得豆。"说着，从菜叶上捉下一条青虫，扔在地上踩死："莫学这虫子。"

"我，对不起您，爹。"儿子眼眶里湿湿的，有泪在打转转。

诗人结婚

诗人是业余诗人。那天，单位组织出去春游，诗人和同事们欢呼雀跃。

一路上，诗人诗兴大发，连连吟哦。过长江轮渡时，诗人站在甲板上，任凭江风吹拂长发，口中吟诵：孤帆远影碧空尽，唯见长江天际流。

到了一处旅游胜地，鸟语花香，山清水秀，景色宜人。置身其中，令人心旷神怡，凡尘俗事，烦恼忧愁，尽抛脑后。

导游小姐热情介绍各景点的神话传说、人文掌故，更增添了几分神秘，令人遐想不已。

到一瀑布前，诗人吟：飞流直下三千尺，疑是银河落九天。

爬到山顶，看脚下山道蜿蜒，云雾缥缈，诗人摇头又吟：远上寒山石径斜，白云深处有人家。

来到一地势平坦处，忽闻鼓乐齐鸣。导游介绍，这是少数民族村民在这里作民族风情表演。大家好奇地来到这片小舞台下观看表演。几个男男女女的演员穿戴民族服饰，在笙、管、葫芦丝等民族乐器伴奏下，跳着民族舞蹈。

演员们表演了一阵，主持人介绍说下面的节目是侗族婚俗表演。几名女演员下台来，选中了哪位小伙子，这个小伙子就上台扮演新郎。女演员在台下假装找来找去。

诗人非常喜欢这种少数民族风情，觉得这游戏挺浪漫挺新鲜的，有些渴望上台去领略一下，心便"嘭嘭"直跳。

有个女孩还真的选中了他。诗人高兴得跳起来，喜不自禁地随着女孩上了台。同事们"噢噢"地在台下瞎起哄。

台上几对新人按司仪的口令举行婚礼，说悄悄话、互送定情物、拜天地、喝交杯酒、进入洞房，一切都是速成的，只十几分钟的功夫，就完成了婚礼，成就了一对夫妻。

舞台后侧有个简易小竹屋，就权作洞房。几对新人进入洞房后，迟迟不见出来。台下的同事们还在"嘻嘻哈哈"地开着玩笑，有人见过了很长时间，诗人还不出来，打趣说莫非入了洞房要假戏真做？

正在同事们着急的时候，诗人一脸沮丧地出来了，有些尴尬地回到同事们中间。

大家忙问感觉如何，怎么到现在才出来？有个小伙子还问是不是真当新朗了？

诗人闷头不语，半晌，才愤愤地道出原委："是在里边讨价还价，好说歹说给她三十块钱小费，才放出来。"

▍两个打工女

　　小兰和小草是村子里一对要好的小姐妹。两人一同上学，一起玩跳房子游戏，结伴儿割猪草。不过，小兰读书成绩好一些，小草成绩总是班级倒数。

　　小兰经常得到老师表扬，受到鼓舞，心性就显得高些，向往着城市生活，立志将来能够考上大学。小草成绩差，总被老师批评，有些自卑，就只好面对现实，想读完初中就回家种地，养两头猪，喂一群鸡鸭，补贴补贴家用。老师评价她们一个是兰花，一个是狗尾巴草。

　　不知是农村学校教学质量差还是什么原因，小兰读到高中毕业，没能考上大学，复读了几年，总是差那么几分，最终还是与大学无缘。

　　小草也真的只读到初中毕业。

　　她们都回乡种地了。

　　小兰只种了几天地，就厌烦了，跟随一个远房亲戚去城里打工。

　　小草在家养起猪来，起初养两头，后来越养越多。

　　学着城里人那样打扮入时的小兰每次回乡下，村里的大姑娘、小媳妇们总是叽叽喳喳地围在她身边，好奇地问这问那，羡慕之情溢于言表。

小草不肯来凑这种热闹。每回都是小兰主动来找她玩。

后来，小兰介绍了村里许多小姐妹去城里打工。小草也被小兰软磨硬泡带到城里，和小兰在一个厂里上班，两人又整天在一起形影不离了。

过了两年，小兰对这个小厂的工作不满意，就跳槽去了另一个大一点的工厂。又过一年，嫌工资低，再跳到更大的公司当秘书，工资果然比前两家工厂里高得多。

小草却似乎容易满足，觉得厂里的工作条件、工资待遇已经很不错了，比起在乡下脸朝黄土背朝天的辛苦劳作，强上百倍。

随着小兰不断变换工作，小兰和小草这两个好朋友见面的次数越来越少了。后来，小兰去了省城，不知怎么的，就没见回来过，也没再和小草联系。和小草一别就是十几年。

小草在小厂里脚踏实地，认认真真地干，逐渐得到老板赏识。老板先是交一个班组给她管理，后来交一个车间给她，再后来，干脆放心地把一个厂子都让她管着，任命她当总经理。在个人婚姻大事上，小草也是很实在地嫁给了厂里的一个同样实在的技术员，两人结婚后，小日子过得红红火火。

这么多年来，小兰在不停地换工作，换来换去没一家满意的。有时新到一家公司，暂时满意了，时间一长，又觉得不理想，只好再换一家。因此，小兰老是有漂着的感觉。婚姻生活也不顺心，男朋友谈了一个又一个，总是高不成低不就，没一个称心的。到了三十岁，有了危机感，便匆匆和一个老板结了婚。嫁了老板，钱算是有了，可老板却成天在外寻花问柳。小兰十分苦恼。两人仅仅生活了一年。一次，这个老板把一个女人弄到家里的床上，被小兰逮个正着，两口子就分手了。小兰后来又嫁过几次，都是以离婚告终。

小兰感到实在太累了。这个时候的小兰，非常向往稳定的生活。于是，在又一次遭受婚姻失败的打击之后，嫁给了城郊一个农民。城郊虽然说起来也是从事农业，但是，远比家乡的生产生活条件优越多了。

一次，小草回乡下老家，从小兰父母那里得知小兰的下落和联系方法。

两个月后，小草出差，正好路过小兰那座城市，便驱车去城郊找到了小兰。

两人见面，百感交集。

谈起将来的打算，小草说，她准备把厂子发展成企业集团，把业务做到国外去。小兰说，她只想把地种好，然后，养几十头猪、一群鸡鸭，当然了，最好生一个儿子，好好地过相夫教子的日子。

望着头发过早枯黄、皮肤粗糙的小兰，小草想起自己当年的理想。

第三辑·田野风情

空山鸟语

　　顾小山是从乡村里走出来的。老家是平原，家后边却有一座不出名的山，村民们称这座山为后山。山不大，却满山茂林修竹、青松翠柏。小时候，顾小山常与小伙伴们到山上放牛。把牛往山上一赶，任它自己溜达吃草，顾小山与小伙伴们捉迷藏、掏鸟蛋。玩累了，躺在树荫下舒舒服服睡一觉。该回家的时候，摘一片嫩树叶，嘀嘀哒嘀一吹，牛们就长哞一声，聚拢到小主人跟前。

　　有时，顾小山还会背一杆二胡到山上，将牛绳朝牛角上一绕，让牛自由自在快活去。小山从背上取下二胡，往突出地面的树根上一坐，叽叽咕咕地拉起来。顾小山最喜欢拉的是一支描写寂静山林中，众鸟啁啾、跳跃嬉戏的曲子，有几处还模仿多种鸟叫。这支曲子是跟他当民办教师的父亲学的，父亲又是跟一个插队知青学的。但是，顾小山和父亲都不知道这叫什么曲子，只觉得悦耳动听。

　　小山拉琴的时候，牛在安安静静地吃草，时不时抬头静听一会儿，然后，甩甩尾巴，欢快地叫两声。

　　后来，小山考上了县中，再后来，考上了远离家乡的一所名牌大学。

　　到了大学，视野开阔了，才知道那支曲子叫《空山鸟语》，是音乐家刘天华创作的。他就到书店里买了二胡演奏曲谱，照着谱子练习，后来又买了磁带，跟着录音机练，竟拉得十分娴熟，模仿的鸟叫声惟妙惟肖。这支曲子成为他参加各种联欢会的保留曲目。

大学毕业后，顾小山被分配在一座沿海大城市工作。城市里高楼林立，繁华喧嚣。小山单位和宿舍都位于一条马路边，路上昼夜车水马龙，热闹非凡。

但是，渐渐地，小山对大城市不再感兴趣，这里没有大学校园幽静，更比不上乡村的恬静、悠然。下班后，小山经常关上门窗，躲进小楼成一统，取过二胡，拉一曲《空山鸟语》。每当拉起这支曲子，脑海里就浮现出家乡美丽的景色，便怀念起童年上山放牛、掏鸟蛋的充满野趣的生活。但是，因离家太远，加上单位工作忙，回家一趟实在不容易，家乡的美景就只能伴随《空山鸟语》那悠扬动听的音乐声，在心底里回忆回忆了。小山经常在晚上一人独处时，十分投入拉起这支曲子，拉得热泪长流。

几年后，小山终于回了一趟老家。坐了三天三夜的火车、汽车，到了县城。县城的变化很大，与他在县中读中学时有着天壤之别，昔日的马路变宽了，街道两边全是新建的楼房，他竟找不到通往母校的路了。天黑的时候，小山才从县城赶到家里。

第二天一早，小山来到后山脚下，令他吃惊的是，后山变成秃山了，几乎没有一棵树木。山里建起了几个采石场，昼夜不息地往外运石头、石子。听说，还要办一个水泥厂。村民也富裕了，不少人家盖了楼房。

小山从家里拎来录音机，按下放音键，二胡声便婉转悠扬地流淌出来，当模仿小鸟站立枝头鸣叫时，一只黄嘴小鸟被二胡声吸引过来，落在小山的脚边，歪着头，瞅着录音机，紧张地唧啾几声。

采石场传来"轰"的一声炮响，小鸟一惊，弹起来，箭一般地射出去。

　　不知什么时候，父亲站在背后，说："很久没有听到这么多鸟在一起叫了。"

　　小山告诉父亲："这曲子叫《空山鸟语》。"

二泉映月

村子前边有口新挖的清水塘，很深。村人习惯上称为黑土塘。

茂昌老汉近来常坐在这口深池塘边，专注地拉胡琴，反复拉一支曲子。村人都听不懂这叫什么曲子，只觉得好听，究竟好听在什么地方，村人说不出个子丑寅卯来。听村里小学校的韩老师说，茂昌老汉拉的曲子叫《二泉映月》。想必是茂昌老汉把这口池塘当无锡的二泉了。

曲子的作者阿炳是瞎子，茂昌老汉也是个瞎子。

茂昌十来岁那年，得了场病。后来，病好了，眼睛却坏了。爹娘带他到处寻医问药，终未能重见光明，债倒背了一屁股。

一次，有个打门槛词的老头到他家借宿，晚上茂昌听了老头拉的胡琴后，就缠着要拜老头为师。第二天一早，老头就一根竹竿牵着茂昌上路了。茂昌眼虽瞎头脑却灵活，只一段时间，就学会师傅肚子里的所有唱词，有时还即兴现编一点。胡琴也拉得让师傅频频点头。

后来，师傅死了，他就一个人闯荡。左肩上背着二胡，右肩上背着褡裢。手里的竹竿从师傅手里移到地面，戳戳捣捣探路，走村串户，沿途卖唱，或换口剩饭，或换点杂粮。一两个月回家一趟，将换来的粮食送给此时业已年迈的爹娘糊口。有时村里谁家揭不开锅了，他还送点粮食去救救急，人家自是感激不尽。

爹娘过世后，茂昌有十几年没回来。

茂昌重又回到村里时，带回一个八九岁的男孩，说是他儿子，捡来的。

那年，茂昌路过一个村头的草堆旁，一个妇女用细若游丝的声音向他求救，尽管声音很小，茂昌还是听见了，瞎子的耳朵就是眼睛呢。妇女说她是个讨饭的，带着一个刚会走路的小男孩，现在她快不行了，家里也没什么人了，希望茂昌能带走她的小孩，就当小猫小狗养着，将来小孩帮他牵着竹竿引引路，讨到吃食就赏一口给小孩，或许孩子就能活下来。茂昌答应了。

妇女死了之后，茂昌就带着这个儿子。茂昌左肩二胡右肩褡裢，左手一根竹竿让儿子牵着，右手一根竹竿当拐杖，顺带着打打狗。

儿子长到八九岁，茂昌寻思着该让他读书了。就一路卖唱回到故里。好在村人都是同宗同族，不少村民早年还得到过茂昌的接济，吃过他卖唱换来的粮食。大家帮衬着将茂昌家的两间老屋修缮了一下，他和儿子就算有个窝儿了。茂昌将儿子送到村小学读书。他自个儿是个瞎子，农活也做不来，还得靠老本行，就又独自探着竹竿出去打门槛词，换点粮食，供儿子吃饭读书。

儿子乖巧伶俐，读书又十分刻苦，竟顺利地一直读到大学。

儿子毕业后留在城里。这时的茂昌已老了。儿子要接茂昌去城里享福。茂昌说，先积聚点钱娶媳妇吧。

过了几年，儿子娶了媳妇，又要接茂昌老汉进城。茂昌老汉又说，小两口刚结婚，手头儿紧巴，将来生娃娃还得用钱，等等再说。

儿子生了儿子后，再三要接茂昌老汉进城，老汉终于拗不过，随着儿子进了城。临走时，没有忘记将那把琴杆、琴轴被磨得乌黑油亮的胡琴带上。

茂昌老汉住在城里很别扭。他说话嗓门大，这是一辈子打门槛词留下的习惯，改不了。儿媳就在男人面前嘀咕，还怕左邻右舍不知道咱家有个要饭的瞎眼公公怎的？茂昌老汉整天闷在单元楼里，瞎子也不能看书看报，也不能看电视，闲得无聊，便取过二胡。刚一调弦，儿媳便嚷嚷："别把正在睡觉的孩子吵醒。"茂昌老汉便尴尬地只在二胡上摩挲摩挲。茂昌老汉晚上睡觉常听儿子儿媳在他们的房间里争吵，儿媳的声音大一些，好像故意让他听见。儿子则把声音压得很低。茂昌老汉听得出都是为了他争吵的。他眼瞎心明哩。

在儿子家苦巴苦熬，过了一个月，茂昌老汉拒绝了儿子的苦苦挽留，回到了乡下。

对茂昌老汉的回家，村人很纳闷，怎么就放着清福不会享呢。村人发现，茂昌老汉苍老了，步履蹒跚了许多。后来，就常见他坐在村前的黑土塘边拉二胡，拉这支叫作《二泉映月》的曲子。这曲子，茂昌老汉从南方带回儿子那年就会拉的。韩老师说，听得出，茂昌老汉如今拉得比以前更娴熟了。

一天晚上，月亮像个银盘镶在天上，村里一片寂静，连平时最爱汪汪的几条狗也不肯叫一声。到下半夜，村人一觉醒来，还听见丝丝缕缕传来胡琴声。人们已习以为常了，但总觉得这些天来茂昌老汉反反复复拉这支曲子，有点怪怪的。

第二天早上，下田做活的人们经过黑土塘边时，发现茂昌老汉泡在水里，已经死了，探路的竹竿和二胡躺在塘边上。琴弦已断。村人都说，一个瞎子偏跑到水塘边来拉琴。

以后很长一段时间，村人晚上总听见从黑土塘那里隐约传来幽幽的胡琴声，如泣如诉。

开　工

志田一夜像烙烧饼，辗转反侧，激动不已，毫无睡意。到天麻麻亮的时候，才迷糊了一会儿。可刚要进入梦乡，又被屋后意杨树上"呱、呱"的两声鸟叫惊醒。听这声音，像是乌鸦。

已经好多年听不到这种倒霉的鸟叫了，赶巧今个碰上了，真是晦气！

"呸、呸！"志田溜麻将头伸出床沿，往地上吐了两口唾沫。

志田四十刚出头，本来不相信这种迷信说法。可今天是他的热带水果园开工的大喜日子，应该听到喜鹊叫才是，怎么竟来了乌鸦？让人好不败兴。志田的心情暗淡下来。难道，是爷爷在显灵？他老人家有什么话想告知孙子？

爷爷的坟就在那片河滩地里。他老人家将在九泉之下，看着孙子在这片土地上干出惊天动地的大事来。

提起这片水果园，志田的心头百感交集，什么滋味都有。他高中毕业后，去南方打工。在工地上拎过泥兜，在工厂当过学徒，在码头干过搬运工。后来，到一个台湾老板的热带水果园打工，才渐渐稳定下来，一直干了八年。眼看着台湾老板干得红红火火，钞票大把大把地赚，志田也心痒，便吃了秤砣铁了心，一心想搞一个自己的水果园。也许是心底和这片河滩地有什么纠葛，他相中了这片废河滩。当然，更重要的是，因为这块地贫瘠低洼，价格会便宜些。他和镇里、村里谈妥租金，又和村干部们多方做通乡亲们的思想工作，才从一家一户手里将这一大片土地租下来。

志田翻身下床，急急火火穿上西装，精心洗漱一番。今天的开工仪式，镇村干部都要到场哩。听说，镇里还请了县电视台来摄像。他是老板，又是主角，要体体面面出场，还得早早地赶到。

老婆梅花也起了床，在锅屋里"乒乒乓乓"忙着早饭。

志田洗漱停当，梅花将早饭端到了桌子上。志田风卷残云，三下五下扒拉完，推过摩托车，催梅花赶紧出发。

梅花放下碗筷，一边抹嘴，一边跨上"突突突"响着的摩托车后座。

志田油门一加，摩托车飞奔在水泥路面的村道上。

河滩离家二里多路，处于废黄河的一个拐弯地带，像熟睡在母亲臂弯里的婴儿。由于多年河水冲刷，日积月累，在弯子里边逐渐形成一片低洼的湿地。说起来，好几十年前，这块地就是他老王家的。是太爷爷和爷爷两代人，起早摸黑，吃辛受苦，将这片生长着芦柴、荒草的沼泽地一寸一尺地开垦出来的。当年，村里不少人家给他家当过长工。举国上下斗地主、分田地时，村里男女老少喜笑颜开地扛着锹锨等农具，去河滩分地，将一大整块地，分割成一小块一小块的，像和尚身上的百衲衣。

批斗会上，志田的爷爷反复表白，他家不但没有剥削长工，还每天翻着花样，做出好吃好喝的招待长工们，而且，长工们都是自觉自愿来做工的。可是，在那种形势下，也容不得爷爷辩白。

那片河滩已经遥遥在望。志田远远看到，三三两两地，有人扛着锹锨，也往那里聚集。心下不禁打起鼓来，莫非，谈好的价格，他们又要反悔，都来抢地不成？

开工现场热热闹闹，四周彩旗飘扬，高音喇叭里音乐轻松欢快。运送材料的汽车来来往往，搅得尘土飞扬。几台挖掘机停在一旁待命。

镇里、村里已经有几个干部先到一步，忙着布置会场。开工仪式是镇里帮着张罗的，他们要将志田的做法广为宣扬，一来为宣传镇里的政绩，二来，也好树个样板，引导群众致富。镇长还亲自将水果园取名为千亩高效农业示范园。

一些村民在现场转悠，东张张西瞧瞧，不知肚子里在打着什么小九九。是羡慕，嫉妒，还是好奇，凑热闹？

志田没闲功夫理会这些，只匆匆与他们打个招呼，就给干部们打打下手，这里钉个木桩，那里扯根绳子。

大大小小的镇村干部陆陆续续都来了。九点二十八分，镇长准时宣布开工仪式开始。先是村干部讲话，后是志田发言，再是镇党委书记讲话。

志田从未在这种场合讲过话。站在话筒前，两条腿不听使唤，打着哆嗦。照着镇党委秘书写的稿子，还念得结结巴巴，惹得下面的干部群众发出阵阵笑声。

书记讲过话后，镇长朗声宣布："千亩高效农业示范园正式开工！奏乐，鸣炮！"

顿时，鞭炮齐鸣，锣鼓喧天，机声隆隆。

十几个扛锹锹的村民围到铺着红地毯的主席台上来。现场气氛骤然变化，人们的笑容僵在脸上。

志田的心里也"咯噔"一下，心想，他们肯定想闹事。

镇长拉下脸，将眼睛一瞪，冲他们吼起来："想干什么，你们？"

　　只见几个村民并不买镇长的账，而是笑微微地朝着志田说："志田，噢不，应该叫王老板，我们是想来跟您打工的，不知…要不要？"

　　志田恍然大悟，高兴地说："当然，当然可以，欢迎欢迎！"

❝桥

　　民国年间，官府为了根治水患，开挖了一条大河。大河流经此地，打王氏兄弟俩家中间穿过，将兄弟俩隔开了，王老大住河东，王老二住河西。

　　兄弟俩的娘死得早，当年，爹用柳条筐挑着他们俩，一路逃荒来到此地，累得实在走不动了，便落下脚来。这里方圆十几里荒无人烟，到处都是盐碱地，白茫茫的，一望无际。父子三人就凭着这盐碱地活了下来。爹把两个儿子拉扯大，给他们分别娶上媳妇之后，就两手一撒，到阴曹地府寻他们的娘去了。

　　虽然被一道大河所阻，却隔不断兄弟间的情义。河边晃晃悠悠停泊着一只小船，小船随意系在岸边歪脖子柳树上。

　　王老大家有好吃的，站在岸边朝西喊一声，王老二就会应声划着小船过来，兄弟俩吃得有滋有味。王老二家有好喝的，往河东招呼一下，王老大就高高兴兴地过去，二位兄弟喝得情深义重。

　　几十年过去，这里通过旱改水，盐碱地变成了米粮仓。王老大家人丁兴旺，儿孙满堂，个个撑门立户后，竟排成一个大庄子。王老二家也是子嗣成群，繁衍出几十户人家。人们称王老大这边为东王庄，王老二那边为西王庄。

　　谁家有个红白喜丧事，两个庄子的人全体出动，家家出礼，凑个份子。谁让是同宗同族呢？况且河两边的老祖宗还健在。这时的王老大和王老二，头发、眉毛皆白，银白胡须齐胸。晚辈们称为大太爷、二太爷。

有一天，大太爷和二太爷又在一块喝酒，两人一边"滋滋咂咂"呷酒，一边"嗞嗞哈哈"吧嗒着长长的烟袋杆。忽然就说起大河隔在两个庄子中间的诸多不便，几乎是异口同声地说，大河上早该建一座桥了。

当天后晌，老哥俩就召集全体族人开会。

大太爷、二太爷端坐在两把太师椅上，把一锅烟抽完，人也就到齐了。两位老祖宗往鞋底上磕了磕烟灰，很响亮地咳嗽一声，嘤嘤嗡嗡的人群里立刻安静下来。大太爷就开了腔，说出要在河上造一座桥的想法，让各家各户出钱，大家齐心协力，尽快建好。大太爷说完，二太爷又作了详细布置，两人说完后，也不等大家发言，就挥挥长烟袋，算是宣布散会。当然大家也不会发言的，两位老祖宗都决定了，讨论不讨论发言不发言，都已没有意义。

大桥很快就破土动工了。

大桥落成那天，桥栏杆上披红挂彩。人们笑逐颜开，激动无比。建成这一功德无量、惠及子孙的大工程，理所当然要让两位德高望重的老祖宗最先通过大桥。于是，河两岸的老老少少簇拥着颤颤巍巍的大太爷、二太爷踏上大桥。大太爷、二太爷也十分高兴，在孙男子侄的搀扶下，大太爷从桥东走向桥西，二太爷从桥西走向桥东，两位老人在桥中间会合，紧紧拥抱，热泪盈眶。

也许是过于激动了。没想，当天晚上，两位老祖宗竟同时驾鹤西去。

河上架了大桥，按说东王庄和西王庄应该来往更加密切。然而，不知是因为两位老祖宗过世了还是其他原因，两边人来往却渐渐变少了。

到了本世纪初，沿河兴起了拦河养殖，有养螃蟹的，有养对虾的，有养野鸭子的。河两边人为抢占水面，先是争吵，后是互骂，继而打得头破血流。东王庄人骂西王庄人是"狗日的"，西王庄人骂东王庄人是"驴下的。"有个走村串户收废品的外乡人路过此地，听了两岸人家不堪入耳的对骂，不禁摇头一笑："还不是骂自己么？"

从此，河两岸人发誓老死不相往来。

那桥就闲置起来。后来，桥中间被人砸了一个洞。时间久了，洞越坏越大，桥竟无法通行了。

有外村人欲经此桥过河，图个方便，可到这里一瞧，摇摇头，望桥兴叹，只好踅回去绕道而行。

不知谁想出个点子，在桥中间搭一块木板，行人通过时，必先交费。后来，此处被人戏称为王家桥收费站。

雪　后

　　大雪纷纷扬扬下了一夜。屋外，天寒地冻。室内，虽然火盆里烤着火，但气氛仍是冷冷的。主人六指黑着脸，愁眉不展。老婆都生五胎了，又是个丫头片子，还是豁嘴，他怎能高兴？就连走来走去的大花狗，都耷拉着尾巴，没精打采的。

　　接生婆王婆婆在用香胰子洗手，洗完手，收拾接生工具。

　　六指冻得抖抖索索，剥了四个煮熟的鸡蛋，倒上开水，放了两勺红糖，端给王婆婆。不管咋说，王婆婆这么大年纪，又是大雪天，辛苦了一宿，理当慰劳慰劳。何况，这也是规矩，无论哪家生下孩子。都要首先慰劳接生婆一碗红糖鸡蛋。

　　六指操着手站着，看王婆婆吃下第二个鸡蛋。王婆婆忽然想起什么似的，抬头问六指："怎么没给翠兰也煮几个'填塘蛋'？"

　　六指没挪窝。王婆又催促："去呀，都生过四胎了，又不是外行。别亏着翠兰身子，就是老母鸡下了蛋还要喂把米呢。"

　　六指极不情愿地到锅灶旁，剥了三个熟鸡蛋，倒上红糖水，端给房里的媳妇。

　　媳妇翠兰斜倚在床头，头上扎着三角巾，苦着脸，见六指进来，汪在眼眶的泪珠"扑嗒扑嗒"往下掉。

　　六指把碗伸过去，却被翠兰挡了回来。六指便没好气地把碗顿在床头旁的木箱上。

六指出了房门，王婆婆已经吃完了。六指从怀里掏出大大小小一叠票子，放在桌子上，随王婆婆收取。

王婆婆环顾这两间全村最后的草房，望着外间一张小床上睡着的四个丫头，叹口气，从桌上的票子中抽出两张，夹着包裹工具的小包袱，走出六指家的门。

送走王婆婆，六指回到房里，对翠兰说："扔了吧。"

翠兰说："好歹也是我身上一块肉，你能舍得，我可舍不得。"

六指说："五胎，罚款狠着呢。要是个儿子，也就认罚了，可这是个丫头片子。挨罚款不说，还是个豁嘴，将来连婆家都难找。"

提到罚款，翠兰想说"虱多不痒，债多不愁"，但话未出口，心里先就没了底气。

六指见翠兰不吭声了，说："趁着天刚透亮，人家还没起床，赶紧办了。"说完从翠兰怀里抱过孩子，用一块破棉絮包好，开了屋门，猫着腰，迎着刺骨的寒风，走向村子西北的一块坟地。

原野一片白茫茫，地上的雪很厚，踩在上面"咯吱咯吱"地响。好多年没有下这么大的雪了，现在的冬天，已经变得越来越暖了，有几年冬天压根就没下雪。为什么偏偏今天下雪，而且下得这么大，天气出奇的冷？

六指正胡乱想着，孩子被冻得"哇哇"地哭起来，细声细气，像小猫叫。六指有些犹豫，心里隐隐作痛，不由得放慢了脚步。这时，他发现大花狗跟在后面，心里正烦，便恶狠狠踢了花狗一脚。花狗嗥叫一声，逃回庄子上。

六指重重地叹了口气，狠狠心，继续朝坟地走去。

到了坟茔地，六指翻开孩子头上的棉絮一看，孩子已面色青紫，奄奄一息，哭不出声了。六指想，反正现在抱回去她也活不了了。这样一想，心里就好受了一点，于是，放下孩子，头也不回地走了。

回到家，翠兰还在哭。夫妻俩唉声叹气一阵，伤心一阵。四个孩子都已起床，见爹妈这样子，都吓得不敢吱声。全家都没吃早饭。

天开始放晴了。太阳照在雪地上，格外耀眼。

六指正在门前扫雪，只见花狗从远处跑来，嘴里叼着什么东西。待花狗跑到近前，细一瞧，正是他早上扔出去的破棉絮，孩子还在里面。这条该死的狗，怎能往家里叼死孩子呢？六指刚要打狗，花狗却径直把孩子叼到屋里去，一直送到床上翠兰怀里。

六指和翠兰打开棉絮一看，孩子竟然还活着！

六指和翠兰搂着孩子，号啕大哭。

狗　祸

秋雾散尽，秋阳照在身上，暖洋洋的。

王福老汉吃过早饭，响亮地打了两个饱嗝，搬了张藤椅，来到屋外，坐在门前晒太阳，晒得一脸福气。

村里人都很羡慕王福老汉的这种福气。王福才六十出头，儿女们就不让他做任何农活了，只在家看看门就行了。村里像他这么大年纪的老人还要下田干农活。年轻人都出去打工了，田里的活计老人不做谁做呢？

而王福老汉像个城里的退休干部，天天享清福。

在城里当干部的大儿子本想接他们老两口到城里去住，他说城里不安静，空气也不如乡下好。大儿子只好由着他。大儿子生怕他累着，把自己家养的那条被手下人戏称为保卫科长的大狼狗送回来。儿子说，这家伙好生了得，厉害着呢，三两个小偷绝对不是它的对手，只管放心大胆地把家门交给它看护，老人也就能自由自在地随处走走，串串门子。大儿子唯恐老汉误解为儿女们嫌他老不中用了，连看门都看不好，于是，紧接着又补充一下，说现在城里不时兴养这种大狼狗了，而是兴起可以抱在怀里玩的那种小狮狗了。

狼狗长得慓悍勇猛，威风凛凛，叫起来"汪汪汪"地，嗓音洪亮，瓮声瓮气，令人生畏，的确是个看家护院的高手。听说还是德国种呢。村里的小孩路过王福家门前，都十分胆怯，远远地绕道而行。

狼狗好是好，却没少让王福老汉烦神。狼狗一送回来那几天，不管喂它什么饭都不肯吃。王福十分纳闷，以前家里养的狗都是喂点剩饭剩菜，有时没有剩饭剩菜了，狗就自己到屋后的茅厕里找屎吃。可这个狗杂种，连剩饭剩菜都不吃，更别说吃屎了。俗话说，狗改不了吃屎。这城里的狗怎么就忘了本性呢？这还不算，它还常常逮邻居家的鸡子吃，搅得四邻不安，几乎天天都有邻居找上门来讨伐。真是祸害！无奈之下，王老汉只好找一条铁链，把它拴在门前的大柳树上。

王福眯起眼，想打一会儿盹。可那狼狗"汪、汪"地叫个不停，让他心烦。狼狗还一纵一蹿的，想挣脱那条铁链。王福骂了一句，它竟然还朝王福瞪眼。王福又骂："怎么？还想咬我不成？瞎了你的狗眼！"

这时，两只大公鸡，互相追逐打斗。那只红公鸡吃了败仗，遍体鳞伤，只顾在前面拼命逃跑，谁知慌不择路，不小心跑到了狼狗身边。狼狗"嗖"地蹿上去，一口咬住公鸡。

红公鸡发出撕心裂肺的惨叫。

王福大惊，连声呵斥，想让狼狗放下公鸡。

已经到嘴的美味，岂能舍得？狼狗把鸡放在地上，用一只前爪摁住，只一口，便咬断了鸡脖子。

这可又闯下大祸了！这是邻居何寡妇家的宝贝公鸡。何寡妇是有名的泼妇，要是让她得知公鸡被狼狗吃掉了，非得找上门来兴师问罪，大骂三天不可。王福慌忙抓过门旁一根竹竿，向狼狗横扫过去。

狼狗不断向后躲闪退让，却叼紧嘴里的鸡，始终不肯放下。

王福冲到狼狗面前，劈手夺下狗嘴里的鸡。

突然，狼狗恼羞成怒，恶狼似的扑向王福。王福措手不及，被咬翻在地。

人和狗撕打成一团。

王福的气管被咬断了。当老伴从村头小店买盐回来发现时，已经气绝。后来，村人将狼狗乱棍打死。

城里的大儿子闻讯赶回来奔丧，下了小轿车，号啕大哭，跪倒在他爹的尸体前，顿足捶胸地自责："都怪我啊…这狗仗人势的畜生，在城里就……没想到它恶性不改。"

牛歌嘹亮

月上柳梢。四野空旷，秋虫呢喃。

老牛拉犁，不紧不慢，一步一个脚印。柱子一手持鞭，一手扶犁，趔趔趄趄，紧随牛后。柱子往后瞅瞅犁沟，犁沟七歪八扭、曲曲弯弯，像蛇样。柱子阵阵心酸，惘然长叹。

村里多数人家用上拖拉机，他一个高中生，在小村里也算得上秀才了，却还使用这种原始农具，怎能不心酸？柱子高考落了榜，不想再补习了，家里穷得丁当响，实在无钱供他补习。母亲常年卧病在床，家里全靠老实巴交的父亲里里外外忙活。他很想撑起这个家。

开学那几天，看着学生们都上学了，柱子感到非常失落、无助。背地里，常常深深地叹息。

柱子虽然生在农村，长在农村，可农活样样干不来，父亲骂他念书念"飘"了，什么都不会干了。这耕田的活儿，柱子从没做过，他怕白天做不好，让人家笑话，便选择晚上来耕。而且，晚上天气也比白天凉快一些。

虽然时令已是初秋，但天气仍很热。这会儿，柱子又热又累，满头大汗，身上的汗衫都湿透了。过去在书本上读到，说是音乐最初来源于"嘿唷嘿唷"的劳动号子，可柱子压根就没有体会到一丁点音乐美来，只感觉到号子里充满艰辛和苦难，是劳动重压下发出的呼号。

柱子吆喝牛停下歇息，脱下汗衫，挤干汗水之后，又穿上。柱子不习惯像村里人那样光着膀子，即便是晚上也不行，他觉得那样子不太文明。柱子前后望望七弯八拐、深浅不一的犁沟，心里有些沮丧，怎么连田都耕不好呢？

远处旷野上传来牛歌声，悠扬、高亢，传得很远。这是谁家也借着月光耕田？

柱子又扶起犁梢，握鞭在手，鞭子落在牛屁股上，绵软无力。那牛竟不听使唤，置之不理，有些欺主。柱子猛地往牛肚子上抽一鞭子，牛才斯斯文文、满腹委屈地迈开步子。可那犁铧只耕下去浅浅的一层。柱子把犁梢微微向上提一点，犁铧又插得太深了。牛使劲拉了两下，没拉动，索性站下来不走了。

柱子十分气愤，举起鞭杆，对准牛屁股猛打下去。牛吃了一惊，往前一挣，犁身倒在地上，犁铧浮出地面，牛失重了，拉着犁往前疯跑。柱子气呼呼地跟在后面追，好不容易才追上牛，便一把抓住牛鼻子上的绳子往下按，让牛头低下来。柱子心想，这大概就是书本上说的"抓住牛鼻子"吧。

柱子按下牛头，又用鞭杆狠敲牛屁股。牛被打得上下乱蹦。打过之后，柱子又心疼地抚摸着牛身上的伤痕，泪水在眼眶里打转，却使劲睁了睁眼睛，强忍住没让泪珠掉下来。

柱子正伤心间，田头响起一阵脚步声，家里的大黄狗颠儿颠儿蹿到脚边，蹭了蹭他的裤脚。不一会儿，一粒红红的烟头明明灭灭移近。原来是爹来了。

爹看了看耕得半生不熟的茬口，叹了口气，接过柱子手里的鞭和犁，一声断喝，那牛立刻温顺起来。爹又狠狠一甩鞭子，"啪"的一声，鞭花清脆地炸响在头顶，干净利落。然而，细一瞧，鞭子只轻轻地落在牛屁股上。

牛四蹄蹬开，抖擞起精神，以均匀的速度拉犁前行。犁铧下，泥浪翻腾，犁沟笔直。

爹稳稳地扶着犁梢，轻轻松松，不似柱子那样使出吃奶的力气。爹就惬意地唱起牛歌。这牛歌没有歌词，只是嘴里"啊啊来来啦噢来"地发着音，哼着曲调。牛好像听懂了牛歌产生共鸣似的，拉着沉重的犁，却如履平地般轻松。

柱子看呆了，忽然就充满诗意地想，这悠扬嘹亮的牛歌，是农民独自在无人的旷野上劳作时排遣寂寞的一种方式？还是唱给老牛听的，与老牛共创和谐的劳动气氛？亦或是农人对土地的抒情？也许，兼而有之吧。

爹耕了一个来回，算是作了个示范。爹把鞭子又交给柱子。

柱子接过鞭，也学爹那样，想甩个脆生生的鞭花。鞭花却只闷闷地响了一下，似有若无。柱子猛地大声吆喝一声，牛慢腾腾地起步。柱子清了清嗓子，想学爹的调子唱牛歌。可从他嘴里发出的声音很小，有些怯怯的。

爹在后面吼一句："怕啥？！像猫叫一样！怕吓着牛咋的？"

柱子望了望四周没人，声音大了点。爹还是不满意："大声点！调子自编就行。"

柱子又试了几遍，就有些像模像样了。

柱子一边扶犁前行，一边想，一定要好好挣钱，将来买了机器，实行机械化耕作，到时承包他二百亩地，照样干出名堂来。

两只蝴蝶

黑黑身体壮硕，双翅油黑发亮，风度翩翩，风流倜傥，是蝶中白马王子，曾有无数雌蝶为之倾倒销魂，甚至献身。黑黑整天和雌性们幸福地嬉戏于百花丛中，翩翩起舞，上下翻飞，快快乐乐，无忧无虑。饿了，采撷花粉；渴了，吸吮露水；累了，静静地小憩于嫩绿的草尖，和小草作一番心灵交流。黑黑特别爱跟一只叫玉娇的小蝶成天缠绵在一起，引得其他雌蝶嫉妒怨恨。

不想，某一天，一阵黑烟随风飘过，弱不禁风的雌蝶们骤感天旋地转，纷纷晕厥，歪歪扭扭地从空中摔落下来，宛若花瓣凋零。

黑黑也眼前一黑，一阵晕眩，跌落尘埃。

不知过了多久，黑黑慢慢醒来，环顾四周，只见大片的蝴蝶尸体横陈。其中，有整天围在身边追逐它的那些雌蝶，也有其他蝶群。在众多尸体中，黑黑一眼找到了玉娇。它试图动动翅膀，想飞过去，那对黑翅膀却毫无知觉，不听使唤，就像压根不是长在它身上，怎么也飞不起来。黑黑只好拖着虚弱的身子，费尽力气，一点一点向玉娇爬行。不知爬了几天几夜，才到达玉娇身边，搂着玉娇的尸体，悲痛不已。

掩埋了玉娇，黑黑已经筋疲力尽，几度昏迷过去，又一次次醒来。一阵轻风将一片尚未黑透的花瓣吹过来，一夜过去，花瓣上面凝结着两颗露珠。黑黑喜出望外，长叹一声："天不灭我！"

后来，黑黑竟然靠这片花瓣和每天夜间的一点点露水，奇迹般地活了过来。又经过好些天的休息调整，终于可以跌跌撞撞飞离地面。

可是，此地花草枯萎，蝶类已经无法生存，必须马上离开，不能久留。

黑黑作好了长途飞行的准备。它生性乐观，对未来永远充满信心。这儿不宜生存，其他地方一定可以生存。

黑黑本想选择一个阳光明媚的好日子出发。等了好几天，却每日都是阴霾满天。黑黑想起，现在已经很难见到阳光了。

黑黑决定不再等下去了，再等下去无异于等死，随时都有可能葬身此地。

终于，在一个阴沉沉的日子里，黑黑无限留恋地望一眼这个曾经山青水秀的地方，义无反顾地振翅飞翔起来。虽然空气沉闷，有些透不过气，加上身体还很虚弱，但它仍然坚定而悲壮地朝着一个方向飞行。

黑黑一边飞行一边埋怨上帝。上帝啊，你为何造了天造了地，造了阳光、空气和水，然后造了人类和世间万物，现在却又让万物享用不到足够的阳光、空气和水？你又为何叫我们蝶类早早濒临灭绝？

飞行好多天，黑黑仍未找到宜居之所。一日，忽然发现一只雌蝶，正疲惫不堪地立于一棵半死不活的花草上。从体型外貌上看，这只雌蝶与黑黑并非同一个种族。但是，黑黑仍然变得兴奋起来。

显然，那只雌蝶也看到了黑黑，虽然振了振翅膀没飞起来，但一对花翅忽闪忽闪地，在快活地扇动。它们为邂逅相遇，为还存在另一只同类而庆幸不已，激动万分。

　　倘若在以前，它们根本不会如此激动。不同种族不许通婚，不能交配。可是现在，它们都认为顾不得这么多了，世界上只剩下最后两只蝴蝶，拯救蝶类、繁衍后代的重任落在它们身上。

　　雌蝶叫花花，和黑黑遭遇的命运一样，也是因为不宜生存，只身逃了出来。现在想想当时蝶尸遍野、惨不忍睹的状况，依然心惊肉跳，心有余悸。经过连日来寂寞孤独的长途跋涉，才遇见黑黑这只同类。

　　黑黑极力安慰花花，悉心照料着花花。几天过去，花花终于恢复了体力。它们自然而然相爱了。它们不相爱也不行。如果不相爱，它们的种类就要面临灭绝。

　　它们达成默契，结伴而行，飞向远方，去寻找它们的生活乐园。

　　可是，飞了数日，找了多处，仍没找到理想的地方。

　　花花心情忧郁，已经快要绝望了。黑黑仍然充满信心，乐观地为花花鼓劲打气。

　　这时，地面上传来人类的歌声。黑黑学着唱给花花听，想让花花开心开心。

　　"亲爱的，你慢慢飞，小心前面带刺的玫瑰。

　　亲爱的，你张张嘴，风中花香会让你沉醉。"

　　花花没有张张嘴，反而嘟着嘴："没有玫瑰，也没有花香，只有空气中弥漫着臭气，令人窒息。"

　　"亲爱的，你跟我飞，穿过丛林去看小溪水。

　　花花忧心忡忡地说：丛林几乎都枯死，小溪水已变黑发臭。

　　亲爱的，来跳个舞，爱的春天不会有天黑。"

　　花花没好气地说："哪还有兴致跳舞？春天已不是春天，冬天像春天，春天像夏天，气候异常，四季不分。天空阴沉沉的，明明是大白天，却像傍晚。"

"我和你缠缠绵绵翩翩飞，飞越这红尘永相随，追逐你一生，爱你无情悔，不辜负我的柔情你的美。

我和你缠缠绵绵翩翩飞，飞越这红尘永相随，等到秋风起，秋叶落成堆，能陪你一起枯萎也无悔。"

花花万分无奈地叹口气："飞吧，逃离这世界，我们发誓，不管世界怎么变，无论生与死，你我都紧紧相随。等到秋天来临，再双双回到这世界看看，产下我们的宝宝。到那时，如果这个世界仍不改变，就一起枯萎死去，无怨无悔！"

我爱白鹭

　　王小鹄小名不叫王小鹄，叫王小重。按当地风俗，曾祖辈有了重孙子，重孙子一般都叫小重子。王小重到了上学年龄，初中毕业的父亲曾读过"燕雀安知鸿鹄之志哉"，期望儿子能光宗耀祖，为世代捡土旮旯的老王家争争脸，便给王小重取个学名王小鹄。

　　当地俗语说：愁养不愁长。转眼，王小鹄都上四年级了。父母到南方打工也好几年了。

　　王小鹄对父母亲没什么印象，他们出去打工那年，王小鹄才三岁。从照片上看，妈妈很漂亮，爸爸没有妈妈好看，但爸爸很高大。

　　有一次，邻居家的小冬子说，王小鹄的妈妈跟一个卖电子表的人跑了，去了南方。后来，爸爸去找她，也去了南方。

　　王小鹄哭着回家问老太和奶奶，老太和奶奶都骂小冬子嚼舌头。她们说，小鹄的爸爸妈妈是去苦钱给小鹄念书上大学的。王小鹄将信将疑。

　　最近，王小鹄上学常常迟到，上课老是走神，成绩直线下降。这次年级抽考，竟然考了倒数第一。班主任张老师气急败坏，就因王小鹄考砸了，拖了全班后腿，他的奖金被扣了。

　　张老师的怒气平息后，决定到王小鹄家进行一次家访。

　　那天星期天，张老师穿过两大块稻田，就到了王小鹄家。王小鹄也刚从外面回来，只见他浑身泥水，像个泥猴子，挎个小鱼篓子，里面有几条小鱼。显然，他是捉鱼刚回来。

这时，王小鹄的老太和奶奶迎了出来。张老师进屋，环顾这个简陋的家，看看眼前这两代寡妇带着一个十岁的孩子生活，不禁鼻子一酸。

从谈话中得知，一个月前，王小鹄不知从哪弄来一只小雀子，藏在床肚底下，整天就魂不守舍，天一亮眼一睁，就把小雀子捧在手上玩，捉些小虫子、小鱼喂它。上学临走，和小雀子亲了又亲，才依依不舍地背起书包。放学一回来，就直奔小雀子。就连半夜起来尿尿还要看看小雀子睡没睡，搂在怀里亲亲疼疼，作业也不肯做。老太和奶奶年纪都大了，说他两句他还犟嘴。

张老师问是什么样的雀子。老太太说："也不是啥金贵雀子，水沟、稻田里常见的，嘴尖腿长，脖子也长长的那种，毛是雪白的。"

张老师把怯怯地站在门外正不知所措的王小鹄叫了进来，让他拿出小雀子看看。王小鹄进屋，小心翼翼捧出小雀子。张老师看了后，问王小鹄知不知道这是什么鸟。

王小鹄老老实实回答："知道，是白鹭。"

张老师说："知不知道白鹭受保护不让捉？"

王小鹄眼睛盯着脚尖："知道。"

张老师和蔼地问："告诉老师，那为什么还捉呢？"

王小鹄嗫嚅了半天："张老师…这，那时，它受伤了，又很小，连毛还没长全呢，孤孤单单的，也不知它爸爸妈妈哪去了，我看它怪可怜的，就带回家来养。"

"现在养成这么大，伤也好了，怎么不放了它？"

"我喂了这么多天了，有点舍不得，它也舍不得走。和我可亲着呢。"

"那也不行。你看，为了它，你的成绩都下降了。"

"不知小白鹭的爸爸妈妈在哪儿？它能找到他们吗？"

"小白鹭是会飞的呀，它一定能找到自己的爸爸妈妈。"

第二天，王小鹄把小白鹭带到学校。张老师在同学们面前表扬了他，还讲了许多爱护鸟类、保护环境的道理。然后，大家一起到学校后面的小河边，放了小白鹭。

小白鹭在王小鹄头顶上盘旋了两圈，飞走了。王小鹄的眼里噙满泪水。

那天晚上，王小鹄做了个梦，梦见自己变成一只小白鹭，在天空中飞翔，飞向爸爸妈妈。

第四辑 · 人间烟火

御　膳

　　这座城市里，有一家新开张的饭店。店老板别出心裁，给饭店取名"御膳房"。店里装修仿照宫廷模样，服务员穿着宫女服装。门口一迎宾老者，装扮成太监。一有客人进门，"太监"脸堆谄笑，抱拳作揖，躬身迎进，同时扭头向里细着嗓子唱喏："皇上（皇后）驾到——"然后，一路小碎步，将客人引向包厢。菜肴也以宫廷菜为主，兼具全国八大菜系特色。

　　顾客来到这里消费，感觉真像做了一回皇帝或皇后。店里还备有皇帝、皇后的服饰，可以穿着龙袍用膳。当然，使用这套服装，得另外计收费用。

　　光有这些形式还不够，关键要靠上乘的菜肴质量才能吸引人。店老板特地高薪聘请了名厨掌勺。掌勺大厨师名叫王福贵，长得方面大耳，肚挺腰圆。有一副好手艺，烧炒煎炸，样样拿手称绝。据说，他这是祖传技艺，祖上还真的在皇宫里当过御厨。

　　王家菜除了注重色香味形，具有食用价值，还有药用保健功效，能祛病强身，延年益寿。这就是人们常说的药膳。皇宫里嘛，相当讲究这个。

　　御膳房的生意十分红火，天天爆满，前来用餐必须提前两三天预订才有空位。如今生活水平提高了，人们不再为了填饱肚子，胡吃海喝，都想营养合理搭配，吃出健康来。到御膳房，大多是冲着药膳而来，有的为了进补，有的为了治病。比如患"三高"（高血压、高血脂、高血糖）者，来食用药膳，治疗"三高"。患肾虚的，慕名而来，食用补肾壮阳药膳。还有前来补血的、补气的、补阴的、美容养颜的，健脑益智的，不一而足。

忽然一天，御膳房对面，一大片破旧的民房被呼啦啦拆掉，开发起高档住宅小区。小区居然名叫御花园，真是无独有偶。这年头，不知怎的，人人都想做皇帝。

开发商老板姓花，五十开外，矮胖，秃顶。花老板发现马路那边有这么一处御膳房，与他的御花园正好匹配，心想，有点意思。于是，叫上几个包工头，抱着试试看的心理，来品尝一次。一品尝，都称赞：好！那迎宾太监，那环境，那壮阳药膳，都让花老板满意。后来，他就成了常客。今天宴请政府官员，明天邀约新朋老友。来了，一个劲地点那些补肾壮阳的药膳。

一日，花老板享用完美味，剔着牙，叫服务员请出厨师。

花老板将王福贵大加赞赏一番，尔后，甩一叠钞票到桌上："明说了吧，你这壮阳药膳不错，效果蛮好，我想买你这个菜谱，回家也学一学。"

王福贵谦卑地笑笑，摇头："老板，对不起，家传的手艺，不能外传。"

花老板手下的人帮腔："怎么，嫌我们花总出价少？"

王福贵连连摆手："不是不是。"

花老板取出在嘴里吮了老半天的牙签，哑着牙花，说："不瞒大师傅，我四十多岁时，身子就不管用了。到处寻医问药，也无济于事。老婆总是抱怨。最近吃了你的药膳，竟然有使不完的劲，真是神了！”

王福贵听了，有点得意，“嘿嘿”地笑。

花老板见王福贵笑，以为有戏了，再次提出要买菜谱。

王福贵正色道：“手艺是万万卖不得的，如果老板您觉得效果好，就常来，也算替我们饭店捧捧场。”

花老板见王福贵丝毫不为所动，只得作罢。

打那以后，花老板长期包下一个包厢，几乎天天都来。而且，每次来，都带着个年轻貌美的女人，女人的面孔还常换新鲜的。

过了一段时间，王福贵忽然发现，前台好几天没下花老板常用的那几道菜单，心下疑惑，便抽空子瞧一眼花老板那个包厢。一瞧，明白了：原来花老板没来。

那天将要下班的时候，王福贵已经脱下工作服，准备回家了。突然，迎宾太监一声喊：“皇上驾到——”随即又喊：“皇后驾到——”

王福贵抬头一望，原来是花老板光临。胳膊上，还傍着一个花枝招展的漂亮姑娘。王福贵熟知花老板要吃哪几道菜，未等花老板吩咐，就赶紧转身进入厨房配菜烧菜。

刚刚出了两道菜，直听得外边一片“乒乒乓乓”声响，夹杂着女人的叫骂吵闹声。王福贵好奇地走出厨房一看，一名年近半百的老女人，领着几个男女，正在围攻花老板和那姑娘。姑娘的脸上已被老女人抓出几条血道道。地上一片狼藉，杯盘碗碟摔碎一地。

王福贵冲进切配间，一只手抓出一把菜刀，将两把刀敲得叮当作响，断喝一声：“不准在这里撒野！”接着，将菜刀舞得呼呼生风。

闹事双方被震住了，都停住手，一时愣在那里。

从她们吵闹中听出，那老女人是花老板的老婆。

老女人责骂花老板："杀千刀的，难怪在家里不中用，劲都使在外面了。"

这场风波总算平息了。花老板对王福贵感激不尽。此后，仍旧经常光顾御膳房。

只是，花老板越来越觉得不对劲：王福贵的壮阳药膳渐渐地不顶事了。终于有一天，花老板在用完药膳之后，心生疑窦，叫出王福贵，问他："你这药膳……还是以前的菜谱？"

王福贵没有正面回答他，却说出一句厨师行话："任何事，都讲究火候，把握适度。"

花老板僵坐在椅上，半天没回过味来。

丁老板

　　丁老板原先是国营宾馆的副经理，也算个响当当的国家干部，吃香的喝辣的。穿着考究，仪表堂堂，整天威严地倒背双手，这里看看，那里瞅瞅，时不时对职工们指手画脚一番。

　　可是，宾馆的经济效益总是上不去。后来，一个外地老板买下国营宾馆。宾馆改制了，职工买断工龄，都成了"社会人"。

　　外地老板需要留用一批职工。想留下的，个个争着报名、填表。丁老板没有报名，也未填表，收拾收拾办公桌，回家了。

　　在家关上门，蒙头大睡几天，度过苦闷期，调整好了心态。然后，上街转悠。这也是考察市场。溜达到老城区，见老字号饭店云轩斋门口贴着一张转租告示，便踱了进去。

　　后来，几经谈判，盘下了云轩斋，更名为得月楼。

　　经过一段时间的筹备，得月楼隆重开张了。与别的酒店不同的是，得月楼使用的店员大多是下岗工人。

　　丁老板制订了一整套严格的管理制度，对员工要求特别严厉，该奖则奖，该罚则罚，每个月还扣下每人200元，作为押金。

　　员工们牢骚满腹，极为不满。尤其对扣押金之举，十分不理解。干得好就奖励，表现差就处罚呗，干吗无缘无故扣工资？

一天上午，厨师们忙着备菜，磨刀霍霍，砧板咚咚，盘勺丁当。厨房里一派忙忙碌碌，热气腾腾。王三是红案师傅，在忙着切肉配菜，因为没吃早饭，肚子饿得叽里咕噜叫。实在忍不住了，往两边瞅了瞅，见师傅们都在专心干活，就趁人不备，捏了一块牛肉放进嘴里，抿着嘴咀嚼起来，觉得香喷喷的味道直冲肺腑。王三以前在国营的、民营的酒店里都干过，无论哪家饭店，厨师们饿了，偷偷地往嘴里捏一块、抓一撮，是司空见惯的事，根本不足为奇。当然，王三也明知丁老板制度的严厉。

这时，厨房里光线暗了一下，一个人影挡在门口。王三抬头一瞧，惊呆在那里，嘴巴尴尬地半张着，想把口中食物吞咽下去已来不及了，慌乱间，手里菜刀"当"地掉落在瓷砖地板上。

丁老板黑着脸，站在那儿，一言不发。按照制度，员工偷吃店里东西，应当开除！

丁老板剜了王三一眼，转身走了。

王三赶紧跟在丁老板屁股后面，颠儿颠儿追出了厨房。

来到经理室，王三追悔莫及地说："丁老板，我好糊涂哇，您饶了我，以后再也不敢了。"

丁老板盯住他，仍然默不着声。

王三苦苦哀求，带着哭腔："丁老板，丁老板，求求您，放我一马。我一定加倍卖力，提高厨艺，增加顾客回头率。"

丁老板双手抱臂，仰靠在真皮老板椅上，面无表情。

王三痛哭流涕，就差跪地求饶。

如今大街小巷遍地酒店，都是私营老板，又不是过去在国营单位捧铁饭碗，厨师还愁找不到工作？一个大男人，何至于娘们似的，眼泪一把鼻涕一把？话虽这样说，可王三心里比谁都明白，尽管工作很容易找，厨师吃点东西也属常事，但是，一个厨师，倘若真的因为偷吃东西被辞退，在行内也就名声扫地了，颜面往哪搁？往后，哪家酒店还愿意聘他？那无疑就意味着失业，让一家老小喝西北风去？

然而，丁老板似乎铁了心肠，无论王三如何求情，丝毫不为所动。过了老半天，慢条斯理地打开老板桌的抽屉，取出一沓钱，点了点，扔给王三，这才冷冷地开了腔："这是你这几年的押金，一分不少返还给你，你自己开个店吧。记住，开店创业，必须纪律严明，有个规矩！"

王三感激万分，羞愧而去。

由于管理严格，菜肴质优价廉，得月楼的生意十分红火。

只是，凡在得月楼干满三年的员工，都陆续被丁老板以莫须有的借口辞退了。按理说，熟练工用起来才顺手。这个丁老板，葫芦里卖的是什么药？人们大惑不解。

被辞退的员工临走时，丁老板照例把三年押金拿出来，自己还另添上两千八百元，正好一万块钱，让人家自谋生路。开一家小吃店，本钱差不多了。

大家这才对丁老板收押金之举恍然大悟。

几年后，本城出现十几家叫做得月楼的酒店。不仅店名和丁老板的相同，而且店里的招牌菜都和丁老板的得月楼如出一辙，生意也都不错。

这些店主都曾在丁老板的手下干过。

有人怂恿丁老板，到法院告他们侵权。丁老板淡然一笑，不置可否。

一日，由王三领头，十几个店主一起来找丁老板，商议成立一家餐饮集团，他们的店都作为丁老板得月楼的连锁分店。大伙共推丁老板当董事长。

晚上，丁老板一个人静下来，心里琢磨，可否把连锁店开到全国各地甚至国外去，就像肯德基、麦当劳？

王老板

王老板以前的身份是机关干部。当他感到仕途渺茫、提拔无望时，恰逢机关干部下海的多起来，便也辞职经商。用多年省吃俭用积攒的十几万，加上银行贷款二十万，转租了一家酒店，就将自己的身份归到老板行列里了。

酒店里一共十几个员工，可麻雀虽小，五脏俱全。厨师、服务员、传菜员、洗碗工、吧台收银员、会计等等，应有尽有。开业之初，买菜、管账等事情交给别人还不放心，只能老板亲自出马，整天累得要命。可是，开弓没有回头箭，既然下海了，就要永不言败，不能轻易退却。

老婆也在机关工作，她怕王老板一个人管理不过来，想下来一起经营酒店。当然，她有她的小九九。她对酒店里那些如花似玉的服务员怀有戒心，怕她们像一群苍蝇叮住王老板。

可王老板不同意，说两口子都下海，万一生意做亏了，一家人喝西北风？两个人得留一个在岸上。不过，老婆可以每天八小时之外过来帮忙。

这样，老婆上班之余基本上都呆在店里。一会儿帮着择菜，一会儿拿拖把擦地。可过了几天，发现这些活一个萝卜一个坑，都分配有人干着。她一插手，倒显得碍手碍脚的，打乱了正常秩序。再说，老板娘要有老板娘的派头。于是，不再做具体事，改当指挥员，整天指手画脚，一会儿让服务员干这，一会儿叫服务员干那，令人厌烦。动不动就呵斥员工，那般刻薄，活像旧社会地主婆子对待小伙计。

王老板却丝毫不摆架子，每天和厨师、服务员一起吃餐前饭。所谓餐前饭，就是工作人员在顾客来就餐之前，提前吃饭，以保持足够的体力投入工作。餐前饭吃的大多是上顿饭客人吃剩的菜。当然，也不是太差的菜，基本上都是没动过多少筷子的菜。王老板是农村出身，节俭惯了，舍不得浪费。于是，每顿餐前饭都让厨师将这些菜热一热，端上来吃了。有时他出去办事回来迟了，没赶上和员工一道吃餐前饭，就等到厨房消停时，让厨师单独炒一个菜，分量够他一个人吃就行了，而且，只要素菜。如果吃不完，就收起来，留着下顿再吃，决不会倒进泔水桶。

一般吃餐前饭时，客人还没有来，不必担心遇见熟人。可每当他单独吃饭时，他怕吃一小碟素菜被人家碰上，显得太寒碜。尤其怕以前的同事见到，更有落魄的感觉。好歹他过去也是个机关干部。所以，他总是悄悄地躲到一个小厅里，关上门，风卷残云，呼啦呼啦，快速吃完。

店里的菜也都是他亲自去买，和卖主讨价还价，仔细挑拣，精打细算。不像有的饭店老板，打个电话报上清单，让卖菜的人雇三轮车送菜上门。大凡送来的菜质量上多数以次充好，缺斤少两，价格上也稀里糊涂，难以说清。

在这样精心管理之下，饭店的经济效益挺不错。只大半年时间，就基本上收回投资。

生意好，王老板的心情就好，算一算，比在机关上班拿干巴工资强若干倍。他给厨师、服务员都加了工资，激励他们进一步提高菜肴质量和服务水平。

服务员小薇勤快能干，头脑灵活，人又长得漂亮，顾客很喜欢她服务。说也奇怪，服务员漂亮点，回头客就多，许多顾客就是冲着小薇来吃饭的。想想也是正常的心理，哪个消费者愿意让一个奇丑无比、邋里邋遢的人端菜给自己吃？没准那脏兮兮的大拇指还会插进汤里，令人恶心。

王老板也很器重小薇，上街买菜、到各单位要账，都带着她出头露面。有熟悉的人便开玩笑说："当了老板就是不一样噢，出门也带女秘书了。"

王老板尴尬地笑笑。

渐渐地，他让小薇独当一面。后来，不再让她干服务员的活，而是参与管理，相当于大宾馆里的总经理。有了这么个好帮手，王老板整天就轻松得多，生意也越发红火。

王老板的老婆却心理失衡了。起早贪黑、辛辛苦苦为了什么？这买菜、记账、管理上的事都交给别人，人家要是玩弄点手脚，还不把你这老板当猴耍？

王老板解释小薇如何能干和诚实，让老婆别疑神疑鬼。可越解释老婆越认为他和小薇之间关系说不清道不明。老婆看见王老板和小薇在一起，就气不打一处来。有时跟踪盯梢，有时对小薇无端指责，指桑骂槐。晚上回到家，夫妻俩更是吵闹不断。

王老板刚刚轻松了没几天，现在被老婆搅得日不安宁，整天唉声叹气，情绪低落。夫妻感情逐渐被吵出了裂痕。当裂痕到了无法弥合的程度，只好离婚。

王老板本来和小薇之间清清白白。离婚以后，小薇既同情他，又十分内疚，常常好言安慰他，工作上更加卖力，将饭店打理得井井有条，生意兴隆。

两颗心慢慢走到了一起。后来，小薇成了饭店新的老板娘。

机关里的老熟人再见到王老板时，会拿他开涮："开饭店不管赚钱不赚钱，先赚服务员。"

王老板只得苦笑，当初下海时，想到会出现这样的结局么？

小　薇

　　小薇的爷爷奶奶常年生病，爸爸是个哑巴，家里穷得叮当响，所以只读完小学，就辍学了。在她们那个山旮旯里，女孩子一般只读到小学，如果读完初中，那就算知识女性了。山里人认为，闺女家，迟早是人家的人，读那么多书有啥用？

　　小薇整天割草放羊，每年为家里挣点收入，补贴家用，虽然不多，但挺知足的。过了三四年，小薇出落得水灵灵的，要身段有身段，要眉眼有眉眼，赛过城里女孩。

　　在城里当厨师的表哥说，要是小薇到城里的饭店宾馆当服务员，准能拿高工资。表哥还说，在城里的宾馆饭店里打工，老板供吃供住，还有不花钱的工作服穿，工资净赚，比在工厂打工强多了。

　　小薇一家人被表哥说动心了。过了年，就让表哥带小薇到城里打工。

　　小薇就在表哥打工的那家小饭店当服务员。小饭店的服务员什么活都干，除了端盘子、打扫卫生，还要择菜、洗菜、刷盘子，还轮流跟着老板蹬三轮车上街买菜，有时还得帮老板一家洗衣服、带孩子。

　　好在小薇勤快，在乡下苦惯了，不觉得累。城里的生活和乡下比起来，简直是神仙过的日子了。由于在饭店里吃的饭菜好，只三个月功夫，小薇就变了，变得快让人认不出了。身材越发苗条挺拔，圆润饱满，皮肤润泽，白白嫩嫩，穿着打扮也洋气起来了。往大街上一站，没人分辨得出和城里女孩有什么区别。

因为长相好，加上能吃苦，负责任，很快，她就得到老板的赏识。老板买菜喜欢她跟着。只要她出面和卖菜人还价，那价格就能比老板自己买菜便宜许多。老板请工商、税务、卫生防疫等方方面面的人吃饭，总爱把小薇推到桌上，陪客人喝几杯。客人喝酒的兴致就高涨起来，于是，本来原则性很强的事情变得"好说好说"。

过去，老板娘负责催要外欠款，每天奔波于各单位各色人等之间。这些人平时来饭店吃饭，饭店把他们当作上帝侍候。吃完饭临走时，大笔一挥，十分潇洒地签个单。到了饭店上门找他们要账时，不仅门难进、脸难看，而且，手续繁琐，一拖再拖，一笔账往往跑十几趟腿。老板就让小薇去要账。小薇一出马，那帐就好要多了。她把账单往批条子的领导面前一放。批条子领导一看是小薇来了，热情得很，丢下手头本来很忙的工作，十分爽快地就批核了，而且对账单上的数额看都不看。

真是奇了！不过，想一想，也不足为怪，谁让老板娘不如小薇年轻漂亮呢。

过了几个月，老板就给小薇加工资。平时，老板还隔三差五地给小薇买各种化妆品。这可是其他服务员从未享受过的待遇。

小薇成了饭店里一张王牌。小饭店的生意原来清淡得很，现在变得十分火爆。小薇的名气也随之大增。

就有大宾馆来挖墙脚。大宾馆的总经理亲自约小薇喝茶，想出高薪聘请小薇。

小薇的老板听到风声，立马给小薇再次加工资。

　　小薇在小饭店里的地位不断提高，成为除了老板就她说了算的人物。那些择菜、洗菜、带孩子的粗活再也不需要她亲手去做。

　　老板娘开始心理失衡了，看到老板和小薇在一起，就心生醋意。老板叫小薇跟着去买菜，老板娘就想方设法阻挠，差小薇干别的事情。老板和小薇讨论饭店的管理问题，老板娘总是很及时地出现在旁边，手里装模作样地拿着拖把或抹布。老板带小薇到有关部门公关，老板娘总是悄悄地跟踪。

　　平时，老板娘对小薇总是百般刁难，横挑鼻子竖挑眼，连看小薇的眼神都是白多黑少的敌视眼神。

　　小薇实在受不了了，向老板提出辞职。老板和小薇进行了长谈，极力挽留，言词恳切。表哥也不同意小薇辞职，来做小薇的思想工作，劝说她留下来。小薇这才勉强答应再干一段时间。

　　这样，老板和老板娘之间常常为了一些鸡毛蒜皮的小事发生摩擦。有时半夜里，邻居还听见他家传出乒乒乓乓的声响。老板娘气急了，就朝老板吼："有我没她，有她没我！"

　　老板也很光火："那就请你让位吧，人家比你干得好！。"

　　老板娘一听，岂能同意？便耍起女人惯用的手段，一哭二闹三上吊。弄得老板心烦意乱，整天唉声叹气，情绪低落。

　　本来，老板对小薇并没有什么特别的想法。被老婆这么一闹，反而真的往那方面考虑了，常在小薇面前诉说心里的苦闷和烦恼。小薇对像大哥哥一样待她的老板也十分同情，好言安慰。一来二去，两个人之间真的开始心动了。于是，他们的关系逐步升级。

　　老板决定和老婆离婚。经过好长一段时间折腾，终于如愿以偿。

　　同老板结了婚当上老板娘的小薇，把饭店打理得更加出色，还准备再租几间房，扩大经营规模。

饭店门口长期贴着招聘服务员的广告，还专门注明要长相漂亮。开个饭店，缺少漂亮的服务员肯定不行。

但是，小薇对漂亮的服务员工作上特别挑剔。

人们发现，这个饭店的服务员走马灯似的换，尤其是漂亮的服务员，在这个饭店里绝对不会干上半年。

小　莉

　　当年，小莉和小薇是一起来饭店打工的服务员，两人合住在老板租来的房子里，处得像亲姐妹。

　　小莉长得十分漂亮，脸蛋俊秀，皮肤白嫩，身材、气质俱佳。那一头秀发，或瀑布一般倾泻下来，或在脑后高高地挽个发髻，宛若空姐。这哪像来自乡下女孩，在整个县城甚至大城市，都难以找出如此美貌的女子。

　　小薇因为漂亮、能干，渐渐得到老板赏识，后来，就取代了老板娘的位置，成为新老板娘。之后，小薇对店里漂亮的服务员总是心怀戒备。一般情况下，长相漂亮的服务员过不了半年，就被小薇辞退掉。而小莉是个特例。

　　能被留用这么长时间，小莉当然对小薇心存感激。她想，就冲着曾经是合住在一起的好朋友，小薇怎么好意思无缘无故辞了她？

　　不过，小薇的眼睛对她盯得很紧，一刻也没放松过。也就是说，小莉整天在被人暗中监视下工作。谁让她长得比小薇更漂亮呢？当然，小莉自己对这双背后的眼睛浑然不觉。

　　时间长了，同事小红提醒小莉："你这么漂亮，怎么不到大城市大酒店去干？在这种小酒店，条件差，工资低，还处处受到老板娘监视。"

　　小莉不以为然地说："你可别瞎说，小薇对我好着呢。"别的服务员早已改口称小薇老板娘了，小莉自以为自己和小薇关系铁，仍然"小薇小薇"地叫。

　　小红说："把你卖了你都不知道，她对你盯得最紧了。不信，你问问其他几个姐妹。"

　　小莉看看其他几个服务员，她们都露出意味深长的笑容。

　　小莉被说得一愣一愣的，怎么也不相信。此后，心里难过了很长一段日子。

　　打那，小莉变了，变得沉默寡言，心情抑郁，整日闷闷不乐，活脱一个多愁善感的林黛玉。见了老板再也不主动打招呼，头一低就躲开了。对小薇也不再直呼其名，而是一口一个"老板娘"，语气恭敬有加。由于心情不好，干事总提不起精神，对顾客服务态度也差了，常常弄得杯盘碗筷丁当作响，甚至顶撞顾客，有几次还失手打碎盘子。

　　一天下班，小薇把她叫住，口气生硬地问她："最近怎么了，有什么心事？"

　　小莉明白小薇对她最近的表现不满意，想辞退她，只不过嘴上不好表露出来罢了。便回答说："没什么，只是家里忙，我妈又病得很重，家里想让我回去。"

　　小薇口气缓和了一些："原来是伯母病了，怎不早说？那还不赶紧回去看看。"说着，拿出一沓钱来，拍到小莉手上："来，代我给伯母买点营养品。明天就回去，病可是耽误不得的。"

　　小莉再三推让不过，这才连声感谢地收下来。

　　当然，小莉的母亲并未生病。这是小莉找的一个借口。小薇给她的那沓钱，也刚好是小莉这个月的工资数。

　　小莉回乡下仅呆了两天，便到省城去了，在一家规模颇大档次很高的大酒店当服务员。不久，便升任领班。

　　省城大酒店接待的客人和县城的小饭店比，不可同日而语，简直是天壤之别。到这个大酒店来消费的，可都是官员、大款。小莉在这里与客人打交道久了，认识不少名人、大亨，有些是过去在电视上才能见到的人。有的客人酒足饭饱之后，不知是真心的还是借着酒意，都说想和小莉交个朋友。

　　小莉心里清楚得很，这些男人只不过是贪图她的美貌，男人们勾引女人的话都大同小异。小莉对这些男人也来个大同小异，一律礼貌地说："先生，您喝多了，早点回去吧，您的家人一定在等着您。对不起，我忙去了。"

　　言毕，转身走了，留给对方一个美丽的背影。

　　不过，有个男人给她的印象和其他人不一样。这个男人三天两头来一次，有时带来一大桌子人，有时三两人，有时干脆独来独往，一杯一筷，自斟自饮。而且，来了就要同一个包厢，点的菜也大致相同。特别是一道烧鸡糕，每次都少不了，用他自己的话说，是百吃不厌。

　　这烧鸡糕是小莉的家乡传统菜，所以，小莉就注意上了这个人。知道他姓白，是搞房地产的，手里有不少钱，但是，比较内敛，不张不狂，不像有的大款那样烧包，动辄甩出一沓大票子，到处给服务员发小费。

　　有一次，白老板一个人来，不知不觉间，喝多了，不知何时，趴在桌上睡着了。到下班时，服务员才向小莉汇报。小莉亲自拦了辆出租车，还自掏腰包预付了车费，叫两个服务生送白老板回去。第二天，白老板登门感谢小莉。就这样，两人开始接触上了。

原来，白老板的老婆和小莉同乡，他和老婆第一次认识，就是在这个饭店这个厅位。他老婆会做一道拿手菜就是烧鸡糕，味道鲜美滑嫩，白老板特别爱吃。一年前，老婆遭遇车祸去世了。一年来，白老板一直沉浸在悲痛之中，时时怀念老婆，就经常到这里来吃饭。

小莉很同情白老板。两人一来二去，恋上了。

结婚两年后，房地产生意火起来，连县城的房价都在飞升。白老板到小莉家乡县城投资了一个小区建设。生意交给早已不在酒店打工的小莉负责。

某一天，当小莉被众星捧月地簇拥着进入小薇的饭店吃饭时，小薇受宠若惊，把她当作财神爷一样，亲自到包厢里服务，好妹妹长好妹妹短的，说了一大堆肉麻的奉承话。

小莉环顾四周，看起来，这几年饭店被小薇打理得不错，只不过，充其量，也就一百万的家当。小莉笑笑："老板娘，看样子生意兴隆嘛。"

小薇说："我这小本生意，还赶不上您一根毫毛。我哪称得上什么老板娘，您才是老板娘。还请您看在当初姐妹一场的份上，今后多多来饭店捧场。"

小莉一边"好，好"地应付着，一边和桌上的客人说笑。

然而，打那以后，小莉从没来过这小饭店吃饭。

小　红

饭店装修一新后，门口贴出一张招聘厨师、服务员的广告。

早晨，王老板刚打开门，就见一个打扮土里土气的乡下小姑娘等在门口，身旁支着一辆破旧的自行车。小姑娘见了王老板，怯懦地问需不需要服务员？王老板上下打量了几眼，只见她瘦小单薄，像一株营养不良的绿豆芽，而且长相一般。王老板意欲推掉不要，可转念一想，第二天正式开业，邀请了好多人来捧场，请柬都发出去了，到时若是没有服务员端菜怎么办？于是，将就着先留下来，讲好先试用一个星期，如果干得不好，立马走人。

这小姑娘就是小红。

小红脱下一身乡下土气的衣裳，换上饭店提供的工作服，加上老板娘帮她化点淡妆，倒也不怎么难看了。配菜师傅小毛凑过来，眼睛滴溜溜地看她，连声夸赞："啧啧，看不出，还是小美人呢！"

老板娘轰赶小毛："去去去，没你的事，干活去！"

后来，王老板见小红干活很勤快，不刁不滑，嘴巴也甜甜的，便一直将她留在店里。饭店里需要漂亮服务员装点门面，但是，漂亮的往往是花瓶，中看不中用，干活不扎实。所以，服务员都长得漂亮也不行，还必须有长相一般的服务员干事。

小红既进入包厢为客人端茶倒水，又在顾客散席后洗碗刷盘，还要每天早早地来到饭店，择菜剥葱，拖地抹桌，打扫卫生，无论是粗活细活，样样都得干。谁让自己相貌不如人家，且文化程度太低呢？

小红的父母亲在南方打工，她小时候跟在爷爷奶奶身边长大。刚读完小学的时候，一次，父亲从脚手架上掉下来摔死了，不久，母亲改嫁。爷爷奶奶无力供她再读书，小红便辍学了。在家帮爷爷奶奶放了几年羊，眼看着爷爷奶奶年纪大了，家里生活越来越艰难，小红不顾爷爷奶奶反对，毅然决然地出来打工。

一天，老板娘叫小红上桌陪客人喝酒。小红从没喝过酒，犹豫不决，不敢上席。被老板娘狠狠训斥一通。小红只得硬着头皮呡了一小口，立马辣得连声咳嗽起来，眼泪都被呛了下来，嗓子眼里火辣辣地难受。

客人们哄堂大笑。

那晚，小红喝醉了，吐得昏天黑地，一塌糊涂。老板娘叫小莉倒点醋给她喝下去，又派小毛将小红送回宿舍。

一直昏昏沉沉睡到第二天上午十点多钟，小红才醒来。胃子里仍然翻江倒海，直想呕吐。可趴在床边呕了一会儿，却什么也吐不出来。这时，小红觉得下身剧痛。至于昨天晚上发生了什么事根本记不起来，隐隐约约，恍若梦中。

小红中午回到饭店，问老板娘昨晚发生了什么事。老板娘说没事的，只是喝多了一点。小红又傻乎乎地问："喝醉酒的人怎么下身还会疼？"

老板娘一愣，马上又堆上满面笑容，说没事没事，人一喝醉酒，浑身都会不舒服，不要大惊小怪。说着，将小红推到一间包厢，按坐在椅子上，还亲自倒了一杯茶给小红，让小红歇一歇，叮嘱她：

"千万别对任何人讲。"

小红茫然地点点头。

安顿好小红，老板娘怒气冲冲来到厨房门前，高声叫道："小毛，出来！"

小毛右手拿着菜刀，左手握着一截切了一半的茄子，颠儿颠儿跑出配菜间，见了老板娘，一瞧老板娘的脸色，顿时吓得呆若木鸡，面如土色，手中菜刀"当啷"一声掉到地上，心里叹道：完了，事情败露了。

老板娘冷冷地说："跟我来！"

小毛两只手惶恐不安地在围裙上擦来擦去，紧跟在老板娘屁股后面，来到另一间包厢。进入包厢，老板娘将门关上。小毛双膝一软，跪了下来，央求道："老板娘，看在我给您辛辛苦苦干活的份上，救救我。"

老板娘面无表情地说："怎么救你？这可是天大的纰漏，要蹲几年大牢的啊。"

小毛一听，"哇"地一声哭起来，眼泪一把鼻涕一把："老板娘，你们生在城里，长在城里，熟人多，无论如何请您帮忙疏通疏通。我可在乡下有老婆孩子，儿子才两岁啊。"

老板娘转过身："求我没用！这事只有求小红，如果她原谅你，不告你，就好办。"

小毛擦了眼泪："她能轻易原谅？"

老板娘说："那就看你的运气了。"

老板娘带小毛来到小红那间包厢。一进门，小毛"扑通"一声跪倒在小红脚下，声泪俱下，痛骂自己一时糊涂，做了伤天害理的事，求小红原谅。还不停地打自己耳光。

　　小红被这突如其来的场面吓了一大跳，弄得莫名其妙。但是，紧接着，当她看清了来人是小毛时，便隐约记起了一点东西，什么都明白了。此时，她愤恨不已，一句话说不出来。

　　小毛见她没有原谅的意思，仍然"啪"、"啪"地，一下接一下打自己耳光。

　　小红看着一个大男人痛哭流涕的样子，想起小毛平时对她的处处关照，便也伤心地哭起来，泣不成声叫道："小…毛…哥…呜…小毛哥呀…呜呜…"

　　第二天，小毛想方设法凑了一万块钱给小红。小红有些不好意思收。小毛不由分说，将钱硬塞在她手心里。一时，小红不知所措。

　　不久，爷爷奶奶得知此事，找到饭店来兴师问罪。爷爷气得胡子直颤抖，声称不告小毛坐牢就对不起死去的儿子。奶奶则哭得呼天抢地，口口声声说："叫我乖孙女这辈子还怎么做人？"

　　闹了一整天，老板两口子和厨师、服务员轮番上阵，苦苦劝解求情。小毛拿出两万块钱，又在老人面前长跪不起，答应和小红结婚，还保证为爷爷奶奶养老送终，立下字据，发下毒誓，这事才算平息了。

　　后来，小毛和乡下老婆离了婚。小红只得认命，嫁了他。

　　过了两年，小两口自己开了一家小饭店。一个掌勺，一个端菜，小日子倒也过得有滋有味。

　　小红怀孕后，常常温柔地摸着隆起的肚皮，心里涌起甜蜜的感觉。

厨　师

县政府招待所的厨师老白，长得白白胖胖，是个面点师，做白案的。

老白每天穿着白色工作服，头戴白帽，站在案板前，专心致志揉面。反反复复搓揉，一遍又一遍揣捏。别人看着，觉得枯燥无比。而瞧他那副十分投入的样子，好像充满激情。一团面揉好了，"啪啪"地，轻拍了两巴掌，宛若柔情万分地拍着女人的白嫩肚皮，哄女人睡觉。但对面团来讲，行话不叫睡，而说"醒"。将面团放一旁"醒"着，接着揉下一团面。过一会儿，再像叫醒贪睡的女人，似乎说：喂，醒醒，该起床了！将"醒"着的那团面搬过来，又是一番搓揉，细心地，慢慢地，极有耐性。

老白的面揉得透，工夫足，做出的包子、馒头就出色，暄腾，手感好，口感更佳。

小菁、小梅、小玲几个服务员，对老白的一副手艺佩服得五体投地。尤其是漂亮的小菁，对老白简直到了崇拜的地步。常常痴痴地偷窥老白揉面，不知是暗学技艺，还是偷看他的身影，直到听见小餐厅里客人叫唤："服务员，上菜！"这才回过神来，跑开去。

县领导也夸老白手艺好，爱吃他做的包子、馒头、点心。上级来了客人，县领导们总是推荐他的点心。有时来了兴致，还会吩咐服务员："去厨房叫老白来，敬客人两杯酒。"

这让老白十分骄傲和自豪，用现在话说，叫做很有成就感。

领导对他印象好，他涨工资的机会就比别人多。不仅是调资机会多，还遇到过提拔的机会。

那次，招待所缺一名副所长。县领导有意提议让老白接这个位子，说老白的业务水平高，他做的面点都成为招待所甚至全县的招牌了，这样的人当个副所长，谁能不服？

但后来事情黄了。

原因是，在这个节骨眼上，老白那双白净的手揉到了女服务员的身上。

老白是个半家户，一个人住在招待所宿舍区的一间旧瓦房里。老婆带着两个孩子，住在好几十里外的乡下。老白两三个星期或一个月调休一次，回去帮老婆做些农活。

一天晚上，老白又被叫到桌上陪酒。由于受到领导的不断表扬和鼓动，老白不知不觉喝醉了。

和老白住在同一排宿舍的小菁下班后，看见老白蹲在宿舍门口，脑袋倚靠在门上，好像睡着了。地上，呕吐了一大滩污物，钥匙握在手里，却忘了开门。小菁便上前扶起老白，帮他打开门锁，将他拖到屋里床上，转身又倒了一杯水给他。那晚，小菁怕老白出事，没敢离开老白宿舍一步。

第二天上班，老白看见小菁，两人的眼神里就有了特别的内容。

不久，单位里就沸沸扬扬传开了，说老白在小菁的身上揉面了。

人们还添油加醋说，小梅、小玲等好几个服务员，都被老白揉过面。传得有鼻子有眼。

过了没几天，老白的老婆来探亲。不知怎的，这事很快被他老婆知道了。他老婆找到小菁，两个女人撕打成一团，又闹到了所长那里。

所里作了调查处理，将小菁辞退了。她只是临时工，辞退手续简单。而老白因为是正式工，又有县领导因爱吃他的面点出面袒护他，所以只给了个纪律处分。

当然，不用说，提拔的事也就成了泡影。

一年后，招待所改制了，卖给了个体老板。连政府招待所的名称都撤销了，改叫白云宾馆。

单位改制，资产重组。老白的家庭也跟着重组了。他同老婆离婚，和小菁结了婚。

买断工龄，成了自由人，老白感觉像没了家，也没了爹娘。好在，老白有一副好手艺，改制后的宾馆老板仍然聘用了他，让他继续做白案。

结婚后，小菁又回到白云宾馆应聘当服务员。她要在老白身边盯着，怕老白的手再揉到别的服务员身上。

出乎意料的是，过了不久，老白却被老板辞退了。老板的理由：老白的面点做得太差。

人们感到诧异：怎么会呢？

老白不服气，愤然跳槽，去了另一家酒店。小菁也跟着来到这家酒店当服务员。她说，老白到哪里她就要跟到哪里。可是，试用期还没满，老白又被辞退。后来，接连跳了好几家酒店，都是如此。

老白的面再也揉不好了，真是令人费解。他做的馒头，常常蒸出一笼死面疙瘩。

老白茫然无助地看着苍白的双手，仿佛武林高手，忽然莫名其妙地武功尽失。

洗澡三题

擦　背

这是个普通大澡堂，大池子里可容纳几十人。几十个或老或少的男人，精赤条条地泡在大池子里，像下饺子一样。

大头满头大汗，吭哧吭哧为一个干瘦的小老头擦背，擦了前胸擦后背，擦完上身擦下身，旮旮旯旯，仔仔细细，擦得一丝不苟，十分卖力。

大头为每个顾客擦背都这么认真，不管老少，一概无欺。有的擦背工擦背，要么手重了搓脱了皮，要么手轻了搓不干净。而大头为人擦背，下手轻重适度，动作富有节奏。顾客四仰八叉躺在那里，全身放松，惬意得嘴里发出咝咝哈哈的声音。大头把你浑身擦遍后，往你后背上盖条大浴巾，一阵噼噼啪啪的敲捶拍打，再把你各关节捏揉搓抹一番，保你浑身舒坦，飘飘忽忽，像做了神仙。

大头的生意就比别的擦背工好，顾客宁愿多等一会儿，也要让大头擦。

不过，不管老少贵贱，找大头擦背，一律得按先来后到的顺序，别想插队搞特殊。

有一回，一个顾客等得着急，跟大头商量，说他还要参加一个会议，眼看着就要迟到了，能不能通融通融，让他先擦。一听就明白这人是个干部。大头上上下下打量着他。这人一丝不挂，被人这么看着，一脸窘相，两只手直往那地方捂。大头还加上句："进了澡堂子，脱了衣裳，人人都一样。"一池人哄堂大笑。后来，这人还是老老实实按顺序排队。

大头生意好，其他的擦背工就很嫉妒，常常捉弄他。有时大头下班了，衣服却被人藏了起来。有时饭盒被藏起来，甚至空饭盒被压得象变形金刚。有的擦背工嘲弄他："大头，每天辛辛苦苦赚几十块，晚上是不是都交到何寡妇被窝里了？"

大头板着脸："别瞎说八道，没有那回事，人家可是正派人。"

大家就起哄："哟哟哟，还说没那回事，说话都向着人家了。"

大家还说了一些荤话。大头干脆不理他们。

说曹操曹操到。何寡妇在澡堂大门外喊："大头。"

大头在里面应："哎，来了来了。"丢下正擦背的顾客，趿着拖鞋，呱哒呱哒跑到外间屋门边，忽然想起没穿衣裳，便兀地停住，站在门里往外喊："叫他进来吧。"

何寡妇在门外往里头喊："谢谢你了，大头。"说毕，让儿子小宝进来。

大头在门里边接着小宝，像对亲生儿子似的，帮小宝脱了衣裳，领到大池子里。

等到帮小宝洗完穿好衣裳，何寡妇也刚好从隔壁女浴室洗完澡出来。何寡妇和大头再这么一个门外一个门时，一呼一应，就完成了小宝的交接仪式。

何寡妇死了男人后，母子俩相依为命。可儿子小宝的洗澡成了难题。儿子大了，总不能带进女澡堂去洗。她只好站在男澡堂外，将儿子托付给别人。这差事就落到大头身上。谁让大头和何寡妇曾经是同事呢？

以前，大头和何寡妇在一个厂子里。但是，互相之间几乎没讲过话。那时，何寡妇是厂里一枝花，好多小伙子跟在屁股后面追。后来，她和车间里一个技术员结了婚。而大头因为头长得大点，头脑又不太会转弯，说话还有点楞，人送外号大头，加上父母双亡，没人帮他张罗，所以，大头一直没讨到老婆。

后来，厂子不景气，大头和何寡妇都下岗了。何寡妇的男人这时也死了。何寡妇在菜场卖菜维持娘俩生活，大头则来到这家澡堂里擦背。

大头下岗后，找媳妇就更难了。

打从何寡妇请大头帮她儿子洗澡后，大头才跟她渐渐熟悉起来。大头见何寡妇娘俩日子过得紧巴，常送点钱去，反正他大头是一人吃饱全家不饿。大头擦背挣的钱比何寡妇卖菜的收入多得多。

因为这些缘故，那些擦背工才说大头挣的钱都交给何寡妇了。每次小宝来洗澡，擦背工们都嘲笑说："大头，你儿子来了。"

大头听了，尽管板起脸，说"别瞎说"，心里面却是热乎乎的。再见到何寡妇，那眼神就有些特别。但是，他又觉得自己配不上何寡妇，有点自卑。

有一天，何寡妇又送小宝来洗澡。大头帮小宝洗完后，像往常一样，站在门里边和何寡妇交接。

何寡妇在门外说："大头，出来一下，有话跟你说。"

大头乐颠颠地穿上衣服，来到门外。

何寡妇刚洗过澡，头发湿漉漉地披散在肩膀上，脸蛋红扑扑嫩汪汪的，浑身散发出一股香皂和洗发精的香味，直往大头的鼻孔里钻。

大头的眼睛就有些发直，心口狂跳不止。

何寡妇轻叫一声："大头。"却不往下说。

大头急死了，一颗心快要蹦出来，热血直往上涌。

何寡妇将大头拉到墙拐角僻静处，望望四周没人，支吾了半天，才说："大头，我……我想，我想帮你……说个媳妇。"

大头一听，犹如当头浇了一盆冷水，脑袋"嗡"的一声懵了。何寡妇还说些什么，他一句也没听清，丢下何寡妇，跌跌撞撞回到澡堂里。

原来何寡妇根本没看上自己！他纯属剃头挑子一头热，自作多情。

一整天，大头的脑子里都回响着何寡妇的话，连擦背都蔫不拉叽的，提不起精神。

那晚，大头在外面喝了不少酒，到下夜班时，才到澡堂里来，说头有些昏，要到澡池子里泡一泡，醒醒酒。大家叮嘱他，临走时要将水池的水换掉，别忘记锁好门。然后，大家都下班走了。第二天上班，人们见门还敞着，以为大头来得早。后来，发现大头漂在澡池子里，死了，脑袋被水胀得很大。

一个大男人，怎么会被这么浅的水淹死呢？有人猜测，可能是大头喝醉后，脚底不稳，不慎摔昏在水池里，才淹死的。

何寡妇闻讯赶来，抱着大头的头哭道："你呀，真是个憨大头，怎么就不明白呢。"

修　脚

大澡堂的浴客们，在里间大池子里舒舒服服地泡过、擦过，来到外间，揩干了身子，裹条浴巾，懒洋洋地躺在沙发椅上。有的泡杯茶，细哑慢品，有滋有味；有的点支烟，猛吸一口，在肚子里千回百转后，悠悠吐出，神仙一般；有的干脆鼾声大作，美美地睡上一觉。

他们大多是在等着修脚。

修脚工只有老周一个人，顾客们只好等。但等得乐意，因为老周手艺好。

老周的手艺是祖传的，瞧他那套修脚刀具，被手指头和虎口磨得亮闪闪的，修脚刀下端，被指头捏细了一圈。老周的大拇指、食指、中指捏刀处，分别有一个硬茧子。

老周修完一双脚，拍拍正梦游太虚幻境的客人，说声"好"。客人一惊，醒了过来，伸个懒腰，惬意极了。

老周一手拎马扎，一手拿工具包，到了另一个顾客面前坐下。这个顾客就有些受宠若惊，恭敬地口称"周师傅"，手里递过一支烟。老周点点头接下，将烟的一端揉捏松软一些，取下嘴里叼着的烟头，两支烟对接上，放回嘴里。然后，理好围裙，将顾客一只脚搬到自己双膝上，推推老花镜，挥动刀具，修、剔、刮、捏，利利索索，让你眯缝着眼，扯着嘴角，痒痒酥酥，通体舒畅，心里直叫唤："爽！"

不知什么时候，顾客就迷迷糊糊进入梦境，没准还在梦里跟老婆亲热一番。可是，你跟老婆正在兴头上，忽地被人一拍，醒来一看，原是南柯一梦。这时，老周已起身拎起马扎，到了另一顾客面前，嘴里那支烟还剩下烟屁股，正好续接下一个顾客敬上的烟。

老周的手艺精，生意就好，挣的钱养家糊口还是绰绰有余的。

澡堂原先归饮服公司，老周也是饮服公司正式职工。后来，公司效益差，将澡堂卖给了个体老板。老周无处可去，仍然在这澡堂里修脚挣钱。

再后来，老板赶时髦，将澡堂改成了桑拿浴，在原来基础上又扩大了规模，装修一新，十分豪华。顾客洗完澡，不再是裹条浴巾就修脚，而是先入更衣室，穿上干净的公用睡衣，再到一间大厅里。里面空调、彩电应有尽有，还供应茶水、水果、饮料，提供修脚、足摩、捶背等各种服务。若不需这些服务，你就看看电视、唱唱卡拉 OK，喝杯饮料，聊聊天，或者，干脆眯一会儿，歇一歇。老周由于修脚技艺精湛，被老板留下来，作为一块牌子，支撑门面。老板同时还招来几个修脚工小姐。这些小姐十八九岁，胸前挂个中医学院中医保健进修结业证，也不知是真是假，就人五人六地，和老周一锅里争饭吃。看她们干起活来笨手笨脚样，老周实在瞧不上眼。

不过，老周还真的看走了眼，低估了这些女孩子。

老周修脚，一客只收两块，多年不变的老价钱。而这些小姐，将老周修脚的项目细分成足摩、修脚、刮脚、捏脚，等等。她们修脚就是单指剪脚指甲，顶多再修修鸡眼，仅此一项，要价就是十几块。如果做脚上全套的活，也就是老周两块钱的服务内容，得几十块上百块钱。尽管小姐要价这么高，顾客还是纷纷选择小姐给她们修脚。

老周的生意清淡下来，再也不像从前那样顾客排着队等他修脚，而是他在等顾客，往往等了老半天，也等不到一个客。有时，老周坐在马扎上等得久了，就打起瞌睡，嘴角拖着口水。

一个叫王红的小姐，经常来打搅他，大伯长、大伯短的，向他讨教技艺。老周认为王红这是故意挖苦他。

王红在几个小姐中长得最漂亮，手艺也算是不错的，她的生意就好，一个月就能赚好几千，赶上老周半年挣的钱。

据老周观察，王红的人品也不错，文文静静，很稳重。不过，尽管如此，老周仍不愿将手艺教给她。

老周的收入大大下降了。偏偏这时，儿子提出要结婚。儿子单位效益也不好，不知什么时候谈的对象，现在要结婚，老周哪来钱？

儿子说女方不要一分钱彩礼。

老周说："还有这等好事，莫不是天上七仙女下凡了？好吧，都要结婚了，还不知儿媳妇长的什么样，总要让父母见见面吧？"

儿子答应了。

见面一看，老周气歪了鼻子，差点背过气去。儿子的对象不是别人，正是王红。难怪王红总是和自己套近乎。

老周对儿子说："修脚工职业下贱，被人瞧不起。"

儿子却不以为然："这可是咱们家祖传手艺，这才叫不是一家人不进一家门。您修了一辈子脚，不是照样受人敬重？"

老周又说："一个姑娘家，成天抱着大男人的脚，成什么样子。往深里说，这是靠色相吃饭。"

儿子说："您整天和王红在一块工作，她啥品行，您还不了解？"

老周不吱声了，勾头抽烟。想想王红这姑娘，确实也挑不出啥大毛病。

最终，老周没拗过儿子，儿子还是和王红结了婚。

婚后，王红对老周非常孝顺。王红说，她的收入足够养活一家子，希望老周别再去修脚了，在家享享清福。

老周想，自己真的是老了，去浴室也赚不了几个钱，便同意了。

不过，他向王红提了个条件，要王红拜他为师，他要把修脚的绝活都教给她。

王红爽快地答应了。

拜师那天，老周将那套祖传的修脚刀具，郑重其事地传给了王红。

浴　客

七爷每天都到浴室洗桑拿，在蒸汽里蒸出一身汗，让隆起的肚皮里的山珍海味尽快消化掉。因为每天都洗，身上很干净，也就省去了擦背这一环节。七爷直蒸得每个汗毛孔都张开后，在水龙头下冲了一遍，踱进更衣室。早有人侍候一旁，用干毛巾为他擦干了身子，取过睡衣为他穿上，再引导到一间带空调、彩电的休息室里。七爷往沙发躺椅上一躺，就有几名小姐围上来，有的倒茶递水果，有的捶背，有的做足摩。七爷被侍候得服服帖帖，浑身上下透着舒坦，就连张开的汗毛孔如果会说话，都会喝彩一声："爽！"

七爷常常得意地说，过去那些皇帝老子恐怕也不过如此。

七爷其实年纪并不大，也就四十刚出头。但七爷有钱，在这一方土地上也算个人物。这年头，只要你有钱，就会有人冲你点头哈腰叫爷。

七爷打小就常在这个浴室洗澡。那时，浴室还没改成桑拿浴，是个普通大澡堂。早些年，票价每张仅要两毛，后来涨到三毛、五毛，到改成桑拿浴前，也只要两块钱一票。来这里洗澡的都是平头百姓，拉平板车的、卖菜的、杀猪的、蹬三轮的，"扑通扑通"跳进大澡池里，像煮着一大锅饺子。一大池子水不大功夫就变得浓稠了。

但是，哪怕水再浑浊，来迟了的浴客还是喜欢跳进大池子里泡上一会儿。有的浴客还在大池里洗头洗脸、刮胡子，甚至有的一蹲进池子里，首先喝一口水漱漱嘴。一群孩子戏闹着，比赛扎猛子，比谁憋气时间长，有的小孩还在大池里练起狗刨。

七爷因为家里兄弟多，比较穷，只能到这种大澡堂里洗澡，而且，一年洗不上几回澡。七爷的游泳技术，就是小时候在这澡堂子里学会的。

七爷参加工作后，在一个小单位里当办事员，工资很低，仍然只能到这里洗澡。不过，来的次数变多了，一个礼拜来一次。但这个时候的七爷，连擦背钱都舍不得花，自己带条搓澡巾，躲在角落里，吭哧吭哧，擦得满头是汗。这时，七爷最怕遇见熟人，那会十分尴尬。如果遇上熟人，七爷就解释说："我这人怕痒，不习惯擦背。再说，浑身一丝不挂，四仰八叉躺在那里，很难为情。"

熟人便似有所悟地点点头，笑笑。

七爷却恨不得找条地缝钻进去，暗下决心，一定要活出个人样来，成为有钱人。

七爷还真的发了。

七爷辞职单干，什么赚钱做什么生意。他的运气好，很快就发了。

发了财的七爷仍旧常来这个澡堂洗澡，而且来的次数越来越多，以至澡堂改成桑拿浴后，天天都来泡一泡，蒸一蒸。不知何时，洗桑拿也同请人下馆子一样，成为招待客人的一个重要项目。酒足饭饱之后，个个油光满面，一边手持牙签剔着牙，一边鱼贯入室，边洗澡边谈着酒桌上未谈完的事情。

七爷来洗澡大多是应酬，有时陪客户来，有时陪一些单位的头头脑脑们来，有时是人家请他洗澡。偶尔，七爷也会独来独往，一边在雾腾腾的蒸汽里蒸着，一边回味着童年洗澡的欢乐，却不知怎的，怎么也找不着当年的感觉。

由于七爷是常客，浴室里从收门票的、擦背的，到按摩捶背的小姐，没有不认识他的。七爷洗澡从不买票，不管带多少人来，到了门口，跟看门收票的老王微微点一下头。老王立马像遇见财神一般，热情地迎上去，把七爷引进一间包厢里。

不买票并非不给钱，七爷洗过之后，丢下一句："记账。"就走了。

其实并不需记账，七爷也不会像其他浴客那样去看账单签字。到年底，七爷自会开一张支票来，支票的金额，大大超过平时在浴室里的消费数。

年关将近，浴室里格外的忙碌。一天下半夜，浴客散尽，浴室里的工作人员在收拾东西准备下班。不知谁说一句："怎么没看到七爷？"大家忽然都想起，七爷好久没来了。是不是嫌这里条件差，到别的更豪华的浴室去了？

人们正议论着，七爷好像从地底下冒出来似的，突然就站在大家面前，冲人们点点头。但见他头发蓬乱，胡子拉碴，神情疲惫。

人们都快认不出了，一时愣住，不知说什么好。七爷却径直进入里面。

七爷前脚刚进去，后脚就闯进来一伙人，气势汹汹，说是要找吴小七子。七爷姓吴，吴小七子自然就是指他。

老王见这阵势，拦住他们，说这里没有什么吴小七子。这伙人哪里肯信，一定要到里面搜，说吴小七子欠他们一大笔钱拖着不还，如若找到他，非卸下他一只膀子不可。

老王没办法，只得放他们进去。

大家正吓得心里七上八下，这伙人却从里面出来，扬长而去。

他们刚走，老王连忙进去找到七爷。七爷瘫软在一间桑拿屋里的长椅底下，十分狼狈。原来，刚才那些人进来后，一间一间桑拿屋子找，当他们拉开七爷躲藏的小木屋时，七爷早已将里面的蒸汽搞得浓浓的，根本看不清里面人影，才没被发现。

七爷谢过大家，走了。

后来，有人说在大街上看见七爷摆个小地摊。再后来，听说七爷又做了什么买卖，赚了一大笔钱，又发了。

老王说："这年头的事，真是说不准。"

不管怎么说，反正七爷再也没有来这里洗过桑拿。

贝贝爱吃烤鸭

国庆旅游黄金周，邻居老毛两口子要出去旅游，把他们的贝贝托付给我。

临走的时候，老毛老婆把贝贝搂在怀里亲了又亲，疼了又疼，这才依依不舍地交到我怀里，两口子好像同贝贝生离死别似的，竟然眼睛红红的。

我说："你们就放心去吧，我会尽力带好贝贝的。"

老毛说："天凉了，早晚要注意保暖。"

我说："好的。"

老毛老婆说："洗澡的时间放在中午，别冻着。"

我说："放心吧。"

老毛说："贝贝要吃好的。"

我说："那自然，有我吃的就有贝贝吃的。"

他老婆说："不，就是你没有吃的，也要保证贝贝吃的，还要吃得好。早晚还要带贝贝散步。"

我有些不耐烦了："行了行了，你们就一万个放心吧。"

两口子这才一步一回头地钻进车子里。老毛是一个单位的头儿，自然就有小车子来接。

车子开出不远，又掉回头来。老毛老婆摇下车窗，递出一沓钱来，说是贝贝这几天的伙食费，如果不够，让我先垫上。

我接过钱，举起贝贝，跟他们说："拜拜。"

他们也把头伸出窗外，与我和贝贝道别。

看着小车绝尘而去，我长舒一口气。

我把贝贝抱回家，放在地上让其自由玩耍，然后开始安排贝贝的衣食住行。首先做了一张小床，又到街上买了一大堆食品，还特地多买一些肉类食品。

从街上回到家，发现贝贝在闹腾，在屋里到处乱拉乱拖，又扒在卫生间门上，嘴里哼哼唧唧。我明白了，贝贝是想上厕所了。我连忙打开门，将其抱到马桶上。

小家伙竟然人模狗样地蹲在马桶上解起大便。

中午，我用温水给小家伙洗了澡，换上小衣服。衣服肥瘦适度，十分得体，好像量身定做似的。洗了澡，贝贝就跳到小床上睡觉了。

中饭做好了，我把贝贝抱起来，坐到餐桌前，和我一起就餐。我挟了一块肉放到贝贝的盘子里，贝贝伸头闻了闻，置之不理。我又挟了一条小鱼，贝贝还是无动于衷。我又给了米饭，还给了肉包，可这小家伙始终不领情。我可生气了，"啪"地一下拍下筷子。

小家伙竟然若无其事，蹦下椅子跑了。

我真是哭笑不得，很想揍贝贝一顿，可是转念一想，老毛毕竟和我是邻居，"邻居好，赛金宝"。打狗还要看主人呢。罢罢罢，只得忍了。

这个金枝玉叶，还不能给饿着。只好打电话给老毛。老毛手机却总打不进，贝贝又一个劲叫唤，真是急死人。

直到晚上，老毛的电话才接通。老毛听说贝贝一天还没吃饭，十分着急。他老婆更是心疼得不得了，抢过电话，又向我交代了老半天注意事项。我这才知问题出在哪里。原来贝贝最爱吃烤鸭。

这家伙，原来如此嘴刁！老子我还很难得吃上一顿烤鸭呢。

我立马去街上买来一只上好的烤鸭。那烤鸭色泽金黄，外焦内嫩，肥而不腻，令人馋涎欲滴。不过，这是让贝贝吃的，我不能吃。我只能往肚子里使劲咽口水。

看着贝贝吃得很香的样子，我终于长舒一口气。

接下来的几天，贝贝就要好侍候多了。每天吃饭、睡觉，中午洗澡，早晚遛大街，过得极有规律。

老毛两口子终于回来了。两口子将贝贝你抱来我疼去的，他们看着贝贝长得胖嘟嘟的样子，高兴得眉开眼笑。我也如释重负。

这时，一个衣衫破旧的老头来到身边，向老毛伸出黑乎乎的脏手乞讨。

老毛眉头一皱，大声呵斥："滚！"

贝贝被老毛的粗门大嗓吓了一跳，一骨碌从老毛怀里蹦下来，贴在我腿边磨蹭。

我抬脚踢了一下，也大骂一声："滚！"

不知是骂小狗贝贝，还是骂老毛。

绝 活

圆桌，围坐十人。宾主推杯把盏，细嚼慢饮，共话情谊，高潮迭起。

酒酣耳热。本地主人点将："小尹，为客人表演表演，助助酒兴。"

落座菜口（服务员上菜经过处）一黄脸阔额方口之年轻汉子立起，笑吟吟一抱拳："献丑献丑。"

说罢，汉子捏起四只酒杯，虎口向上，四个手指丫各夹一杯，四杯成一线，一仰脖，"咕嘟"一声，喉结滚了两滚，四杯酒同时下肚。放下杯道："这叫楼上有楼。"

众觉稀奇。

汉子又满斟一杯，置唇边。只听"滋溜"一响，杯已空空。捏箸夹菜大嚼，问："看这杯酒已喝了吧？"众人反问："难道酒未进肚？"汉子一笑："这叫点到为止。"言毕，往墙角痰盂"哇"地吐了一口，分明是酒。

众喝彩："妙。"

又满上一杯。众人屏住声息，心下疑惑：还有高招不成？

但见黄脸汉子将酒杯往空中一抛二尺有余，宛若乒乓健儿发高抛球。酒杯下落途经眼前的瞬间，撮口疾速一伸，未见沾着杯沿，酒已不见，空杯"啪"地稳落桌面。

好利索！

众人一时惊呆，久久回不过神来。蓦地，皆拍案称奇。

汉子将杯举起，杯底朝天，作"滴酒罚三杯"状，却未有半滴酒滴下。口中道："这叫抛砖引玉。"

上级客人抚掌大悦，连连叹道："绝，绝，绝！"问："是酒厂的？"

本地主人摇首："不是不是。"又倾身耳语："接待办的。"

第五辑·世事沧桑

高　手

高手到银行报到那天，行长就对他说：记住，在银行工作，整天与钱打交道，眼里看到钱不要把它当成钱，而要当成是一张张纸。当然，要细心，这"纸"不能错点一张。

高手唯唯诺诺点头。

单位里大会小会，都要对员工进行一番思想教育，以防员工利用职务之便，携款外逃。人人都知道，家贼难防。如果不加强教育，一旦谁起了私心，即使不卷巨款，就是随便抽出一两张票子揣进怀里，也很难查出。

就因思想教育工作做得好，多年来，这个银行没有出过问题。高手家有年迈的瞎眼老娘，父亲长年患病，卧床不起，生活十分窘迫，但高手在单位面对眼前一匝匝崭新的钞票，从未动过私心杂念。

员工们业务素质也很高，行里经常开展业务比赛。每次参加上级组织的业务大比武，这个银行总是稳拿第一。为了提高业务技能，高手工作之余，拼命地练业务。高手的强项是点钞票，点得既快又准。可以一张一张地点，钞票点得如一群蝴蝶，上下翻飞；也可以一目五张、一目十张地点，看上去动作悠然"胜似闲庭信步"，实际心里在飞快地计算。

高手的点钞技能已练得炉火纯青。他能像魔术师表演变扑克牌一样，手往空中煞有介事地一抓，两指一伸，"刷"地一下，两指间就冒出一张崭新的钞票，随手潇洒地一弹。再"刷"地一下，又变出一张。如此源源不断地变出来。有时"哗"地一下，变出一大把钞票来，像洗开的扑克牌一样整齐地抓在手里，如一柄纸扇。有时双手交替变出一把把钞票来，一把一把抛向空中，令人眼花缭乱。这手绝活在魔术师那里，叫"天女散花"。

同事们开玩笑说："有你这手绝活，国家可以不要印钞机了。"

当然，这是魔术。

高手还有一手硬功，可在十几米开外，用钞票击中茶杯等物件，或切入苹果之中。

有天假日，他同朋友去逛商场，见到一名男子鬼鬼祟祟，正向一个妇女的挎包伸手。当时高手正掏钱购物，见此情景，一扬手，将手中一张新钞票甩出去，那动作就像武林高手掷飞镖，干净利落。钞票"嗖"的一声，从小偷的手背上擦过。小偷只觉手背一麻，大惊失色，连忙缩回手，好半天才回过神来，捂着手，惶惶然逃出商场。

到了僻静处，小偷拿开捂着的手，发现被钞票擦过的手背上有一条深深的口子，白肉外翻，奇怪的是，没有出血。

这时，高手和朋友站到小偷面前。小偷"扑通"一声，跪地求饶："高人饶命，高人饶命。"

高手厉声道："我只想让你知道，钱是好东西，但有时会伤手，还能伤命！只要我下手稍稍偏一点，就要了你的狗命！"

这后一句话，给高手惹了麻烦。

几年后，这座城市先后出了两桩人命案。两名死者皆为贪官，警察从死者家中搜出巨额不明钱财，说明凶手不是图财害命。据警方现场查看，死者都伤在咽喉处，像是被一种极薄的利器切出一道口子。除此以外，别无蛛丝马迹。警方怀疑高手所为。但对高手进行调查后，发现他根本没有作案时间。

后来，案子一直悬而未决。

高手说："都怪他们把钱看成钱了。"

酒　柜

老田是我的朋友，他还是办事员时，同我是邻居，住的也是低矮狭窄的平房。

他那时也爱涂抹些小文章，偶尔在报屁股上露露脸，所以虽然比我年长十几岁，却和我挺谈得来，加上是邻居，就时常在一起喝两杯。酒不是什么好酒，普通百姓喝的那种，几块钱一瓶。菜也不需要好菜，一碟花生米，二两猪头肉。两人边呷边聊，聊人生，聊工作，聊各自新近一篇文章的构思，聊投稿技巧。往往边聊边呷，忘记了吃菜，就那么一杯接一杯呷。呷着呷着，一瓶酒就见底了，菜还没动几筷。灵感这时也趁势冒出来，一篇文章的腹稿就成形了。

不知什么时候，不少家庭时兴在客厅里摆个酒柜。老田家也打了个酒柜。有了酒柜后，老田出差就会带回几瓶当地的酒摆在柜子里。每每出差回来，他就邀我过去喝几盅，尝尝外地酒的口味。酒喝完，那空酒瓶仍摆回柜里，说是留个纪念。渐渐地，柜里就摆满了酒瓶，有的装满酒，有的是喝过的空瓶。

一次，我又应邀去他家喝酒。见酒柜里摆了两瓶茅台，我说："有这么好的酒，今天要一饱口福。"说着伸手去柜子里取。老田连忙制止，一脸窘相，说那是空酒盒子，纯为装点门面。

后来，老田时来运转，连连提拔，一直当到局长。不久，他就换了住房。

随着老田的升迁和乔迁，我们之间的来往也渐渐地少了。有一回，我去找他帮忙办事，他又留我喝酒。那天在他家不见酒柜，我很纳闷。他说："要那东西干啥，瞎显摆。"说着，从杂物间拿出两瓶茅台来，往桌上一顿，说："咱哥俩好久没在一起喝了，今儿个喝个痛快，不够的话，杂物间里有的是。"敢情他家杂物间就是酒库。那天菜很丰盛，老田对我仍旧热情，我俩都喝了不少。只是，聊的话题少了，似乎纯粹为了喝酒。

几年后，老田到"站"了，退居二线。

一天晚上，我和妻子到老田家附近办事，办完事，妻子提议去看看老田，毕竟是老邻居，又请人家帮过忙。

依然是独门独院，二层小楼，铁门紧闭。过去门边拴着的大狼狗没有了，安静了许多。我按响了门铃，是他老伴开的门。他老伴见是我们，喜出望外，说自打老田退下来，还没有人来看过他，到底是老邻居，还想着老田。说得我们有些脸热。老田也闻声出来，把我们迎进屋里。我一看，桌上一杯一瓶一菜，想必是老田正在自斟自饮。客厅一角又摆放了酒柜。老田一边吩咐老伴加个菜，一边拉我坐下来喝两盅。

他老伴也忙附和着叫我坐下，陪陪老田，说老田正一个人喝得没滋没味呢。

我瞧瞧桌上的酒瓶，笑说："怎么好酒舍不得喝？"说着往酒柜上噜噜嘴。酒柜里茅台、五粮液等名酒应有尽有。

老田有些尴尬地说："都是些空的。"说着，帮我倒上酒，又叹了一句："唉，都是空的。"

老田端起杯道："还是你老弟好啊，都出好几本书了。"说毕，向我举杯示意，"吱"地呷了一口。我也举杯抿了一口，咂咂嘴。隐隐约约咂摸出了老田的话意。

那晚，我们又喝那种几块钱一瓶的普通百姓喝的酒，又边聊边呷，聊了很久。

驼

老钱并不老，还不到四十。老钱出身农村，大学毕业后被分到城里机关，自觉很幸运，对这份工作就格外珍惜，工作起来勤勤恳恳，任劳任怨。老钱为人也很谦虚，甚至可以说谦卑，对同事见谁都很客气，客气得让人有些陌生。谦卑久了，本来挺直的身板就微驼，见了领导尤甚。人们常见老钱的形象是：清瘦微驼，灰布衣衫，架一副老式眼镜，步履匆匆，一副很忙的样子。

老钱确实很忙，有时是领导交办工作，填个报表，写个总结，拟个通知什么的；有的是同事所托，写个个人小结，打个申请，代写评职称的论文，等等。无论公事私事，老钱都一口应承下来，白天完不成，就晚上加班。起初，老婆怀疑老钱与办公室女同事行为不轨，跟踪过几回，都发现老钱在办公室吭哧吭哧写材料，也就没说什么。老钱常加班，弄得脸色灰灰的。老婆常有怨言。老钱就说，领导交办工作完成得好，才能给领导一个好印象；同事所托之事也要办好，这是群众基础。要想提拔，这两条是少不了的。

老婆就挖苦他："看不出，你还是官迷，就你这熊样，还想提拔？撒泡尿照照吧。"

老钱正色道："怎么是官迷？不想当元帅的士兵不是好士兵嘛。"

然而，老钱一直没有提拔。

　　针对老钱的驼背，同事们讲过一则故事，大概意思是，有一个同志没有提拔时，衣襟是前襟长后襟短；提拔以后，老婆按原尺寸为他做一件新衣服，穿上后怎么也不合体。原来是前襟变短了，后襟变长了。

　　就有人问老钱，什么时候后襟变长。老钱"嘿嘿"笑笑，心想，总有一天会如愿以偿，如果有那么一天，自己不会后襟变长，但起码前襟不再短。

　　可天不遂人愿，老钱患了绝症。住了半年的院，还是治疗无效。

　　遗体告别时，老钱安详地躺在玻璃棺里，脸色反比活着时还红润些。

　　人们惊异地发现，老钱的背一点也不驼了。

　　同事们的眼泪就止不住流了下来。

弦

　　张三毕业于职业中学，分在厂里干机修，技术在厂里是顶尖的。哪台机坏了，其他机修工折腾老半天，累出一身臭汗，也捣鼓不好。没办法，只好请张三出场。只见张三钳子、扳子、锤子一阵叮叮当当飞舞，说声：好。开机一试，机器果然就运转正常了。那些旁观的机修工啧啧赞叹：神了！赞叹之余，就自愧弗如，还生出些嫉妒，尤其是一旁值机的漂亮女工发出惊叹时，让这些小伙子醋意顿生。可自己技不如人，不服不行。

　　更让女工们钦佩、也更让这些机修工们嫉妒的是，张三会拉二胡。张三虽然是机修工，但不像其他机修工那样带着职业特征：整天满手油污，连指甲都是黑的。张三修完机器，就把手洗得干干净净。张三的手尽管骨骼粗大，指头短壮，但按在琴弦上，居然灵活自如，琴声悠扬动听。女工们觉得不可思议。

　　业余时间，集体宿舍的工人不是在一起喝酒划拳，就是甩扑克、砌长城。张三对那些东西不感兴趣，哪儿也不去，从床头取下二胡，坐在床边上，悠然自得地拉起来。有时宿舍里的人不出去，他就提着二胡，到厂后边的小河边去拉，免得打搅他人。夏日的夜晚，河边蚊子多，拉几下，就不得不停下来，"啪"地一下，拍打着腿上的蚊子，二胡声就弄得支离破碎，断断续续。

张三在河边拉二胡的时候，常有个俏丽的女孩在他身后不远处站着，痴迷地听。张三却浑然不觉。女孩是厂里的女工，叫小玉。小玉对张三的机修技术和一手漂亮的二胡演技十分佩服，由佩服生爱意。后来，在同车间师傅方大姐的撮合下，张三和小玉就恋上了。

恋爱中，他们常坐在小河边，一个拉琴，一个听。张三还向小玉介绍二胡各部件的名称，哪个叫琴马，哪个叫琴轴，哪个叫千斤。说到琴弦时，还介绍内弦外弦的特点：内弦粗，发音低沉雄浑；外弦细，音色尖细而响亮。

小夫妻俩婚后生活很美满，他们对未来充满信心。

可是，后来因市场的变幻，厂里效益急转直下，先是半停产，小玉下岗，小家庭生活变得窘迫起来。厂子支撑一年后，就完全瘫痪下来，张三也下了岗。生活便无着无落了。

小玉整天愁眉苦脸，张三却满不在乎的样子，闲下来仍取过二胡拉一段。小玉就挖苦他："穷乐哉！就知道拉这破玩意，明天就没米下锅了。我看你去打门槛词，还能讨点米回来。"

张三重重地叹口气。

穷生龃龉，没钱的日子很难过，小夫妻在没钱的日子里就很容易闹点小别扭。终于有一次，小两口吵了一架，小玉气得回了娘家。张三也不去找她，双方僵持了好些日子。那些天，张三像丢了魂似的，满街转悠。转悠几天后，就找亲戚朋友借钱。

小玉生日那天，张三去岳父家将小玉接回来。也就在那天，张三的摩托车修配门市在"噼里啪啦"的鞭炮声中开业了。张三发挥一技之长，负责修理。小玉打下手，既卖配件又管账。

晚上，张三取过二胡，调好弦，满怀歉意地对小玉说："以往你的生日，我都送一份礼物给你。今天我没钱买礼物，就拉一段二胡算作礼物吧。"

　　小玉给逗乐了。

　　张三说完，就拉了一首《祝你生日快乐》。拉了一遍，想想，又拉一遍。然后，一遍接一遍地反复拉。拉到第六遍，小玉从后边抱住张三，伏在张三的后背上，哭了。

　　张三转过身，替小玉擦去泪水，说："只要弦调准了，奏出的曲子就动听。"

　　小玉破涕为笑，嗔道："去你的。"

岁　月

一间办公室，三张桌。

小吴是新分配的大学生，坐靠门口第一张桌，打水倒茶，来人接待，首当其冲。副科长居中，一杯一杯喝茶，滋哑有声。老科长殿后，两员部下一举一动，尽收眼底。每天上班下班，不忙不闲。

小吴初涉世，年轻气盛，对机关里看不顺眼的事，爱嘀咕几句，在办公室里发发牢骚，诸如工作效率太低、上班拖拖拉拉、领导任人唯亲，等等。

每逢此时，老科长便摘掉老花镜，放下手里的报纸，平静一笑："小吴呀，扬州八怪之一的郑板桥，知道不？他老先生有一句名言，叫做'难得糊涂'。难得糊涂，啊……"后边的话毋须点透。

小吴一听，愤愤地想，科长看上去正直，却这么老于世故！

每天仍然上班下班，不忙也不闲。日子过得不紧不慢。

后来，老科长退了。副科长升至最后那张桌，小吴居中，刚来的小李坐最前边。以后，机关里小李之类的毛头小伙子有时发牢骚，小吴便记起老科长。小吴觉得，老科长那时真是语重心长，和蔼可亲。

时光不疾不徐、不知不觉地流过去。

一日，刚来不久的小赵，一进办公室便高声嚷嚷："诸位诸位，听说了没有？才调进个不懂会计的会计，工厂锅炉工，据说，是咱局长的亲戚。老喊精简，怎么就……"话没说完，端坐最后的科长笑微微道："小赵呀，难得糊涂，难得……"一语未了，两鬓染霜的科长先自愣住了。

科长兀地想起，这是 20 年前老科长对自己说的话。

科长即当年小吴，如今的老吴。

❦江河水

民生拉得一手好胡琴。尤其一曲《江河水》，如泣如诉，凄苦激越，扣人心弦，极具感染力。

民生娘死得早，他爹既当爹又当娘拉扯他们兄弟三个，日子过得颇为艰难。每到春天青黄不接时，民生爹便背上一把自制的二胡，走村串户打"门槛词"，自拉自唱，换得一点山芋干之类粗粮，勉强糊口度日。

民生耳濡目染，六七岁时，就常取下他爹挂在山墙上的二胡，叽叽咕咕拉，像杀鸡似的。到了十一、二岁，就拉得有模有样的了。他爹拉唱的《小五更》《小寡妇上坟》《八段景》等民间小调，民生都能拉出来。民生惊叹于两根琴弦丰富的表现力，被二胡神奇美妙的魅力深深折服。

穷人的孩子懂事早。民生读书很用功，一帆风顺读完中学，又顺利地成为小村第一个大学生。临上大学的前一天晚上，爹将一把新制的二胡塞在民生的被卷里。民生心里明白，他是在二胡声中长大，也是靠二胡声讨来百家粮食养大，靠二胡声讨百家钱读书才考上大学的。爹是希望他不管走到哪儿，都不能忘本。

大学里，民生愈加苦读，闲暇时，也常从床头取过二胡拉上一阵子。一次，民生买了一盘闵惠芬演奏的二胡曲磁带，如获至宝，爱不释手。最能引起他共鸣、让他深深感动的，是一支描写穷苦大众生活的叫《江河水》的曲子。那时，民生买不起录音机，借了学校广播室的录音机。当二胡声在房间里缓缓洇开时，民生仿佛看到爹身背二胡踽踽独行在田埂上，乡亲们脸朝黄土背朝天地辛勤劳作……往事一幕幕在眼前变幻，一曲未了，民生已是泪水满面。

民生一有空就练习这支曲子，百拉不厌，到大学毕业已拉得娴熟了。在毕业联欢晚会上，民生演奏了这支《江河水》。他上台落座后，一定神，一运弓，吵吵嚷嚷的台下立即寂静下来。一曲奏罢，同学们还屏住声息，沉醉在乐曲中未回过神来。直到他谢幕走向台后时，人们才蓦地醒过来，爆发出热烈的掌声。有一位女生被他的演奏感动得抽泣起来。这个女生后来成了民生的老婆。

毕业分配，民生由于成绩优秀，被留在了城里。民生依然一有闲空就操弓演奏，依然十分钟爱《江河水》。每每拉完这曲子，就觉得肩头沉甸甸的，于是加倍努力工作。

民生常利用星期天回去看望他爹和两个兄弟，同他们一起下地劳动，推车、担水、扒粪、耕地，样样做得地道。他爹肚子里说：臭小子，没忘本！

民生在单位工作出色，加上他人缘好，便被连连重用，三十五岁就做了局长。

做了局长的民生，工作格外地忙，检查视察、开会讲话、开业剪彩、迎来送往、应酬接待，整天像陀螺。大约还有别的什么原因，渐渐地，二胡拉得少了，更听不到《江河水》了。偶尔，人们听到的是《喜洋洋》或《潇洒走一回》等流行歌曲，而且拉得浮躁，很不投入，又像是没调准弦，总让人感觉有点功底不扎实。

做了局长的民生总是忙，很少回那仍然贫困的乡下。身体发福了的民生回去也做不来农活了。有一回扫了扫院子，手上就被磨出了水泡。民生一年即便回去一次两次，也是小车子开到院门前，板凳没坐热，就塞一沓钱给他爹，急着要走。

民生终究功底不扎实，与一桩经济案件有染。按时下流行说法，为官者两大忌：一是装错袋，二是上错床。民生犯了一忌，被撤了职。

被撤了职的民生陡地十分思念起他老爹，思念家乡的父老乡亲们。他便匆匆收拾一下，乘上公共汽车，回到乡下。

憔悴的民生推门进屋，爹不在。映入眼帘的是，迎门条桌上摆着一把二胡。不像爹自己制的那种，显然是新买的，一把精心挑选的上等胡琴。一试弓，弦已调好。看来爹早已料到民生会回来的。

民生叹口气，凝住神，运起弓，情不自禁地，一曲在心中尘封已久的《江河水》，从指尖下汩汩流出。

随《江河水》一起流淌的，还有民生的泪水。

守望

一

小城不大，却是古城。

一个月黑风高的夜晚，小城公园里静悄悄的。水上亭子间，一对情侣依偎在一起。

男的说："队伍马上要出发。上峰有令，不得带家眷。"

女人泣不成声。

男人深深叹息，伸手为女人擦去泪水。那泪水却越擦越多。

男人和女人紧紧拥抱，一个热烈的长吻，吻得天昏地暗，生离死别。

女人的泪水打湿了男人的肩头，男人的泪水滴落在女人的鬓发间。

蓦地，男人想起军令在身，不得不推开女人，依依作别。

女人不知男人是怎么离开自己的，头脑里一片空白，迷迷糊糊，只记住男人说的最后一句话："等着我。"

那夜，远近传来"嘎嘣嘎嘣"炒豆子般的枪声。枪声三天三夜才平息下来。

二

公园经过多年整修建设，景色比过去美多了，曲径回廊，杨柳依依，湖水波光粼粼。

一位戴墨镜的老妇人，手持竹竿，蹒跚在鹅卵石小径上。老妇人用不着竹竿探路，她对公园里一草一木太熟悉了，甚至连这条花间小径上有多少块鹅卵石都能数得出来。只是，她对这里的景色已许多年看不见了，只凭感觉知道它们的存在。每有游人走近，老妇人都侧着耳朵辨听。

每天，老妇人走过曲桥，来到湖心的亭子里，倚着石栏，一坐就是老半天，眼睛定定地朝着一个方向，执着而专注。

这已成为公园里一帧不变的风景，人们已司空见惯。公园里的工作人员已见怪不怪，他们知道，这老妇人并非来这里寻短见，天黑的时候，她会自动离开这里，第二天早上，她会再来。

有一天，夕阳西下，黄昏渐渐来临。老妇人听到轻轻的脚步声向自己走来，她惊喜地站起来："是你吗？真的是你？"

一个银发老者趔趄着，快步走过来："是我，是我！"说着，伸出一只手，握住老妇人的两只手。老者的一只衣袖空垂着。

公园亭子间的风景不知不觉地变了。人们看到，戴墨镜的老妇人身旁，多了一位鹤发独臂的老头。两个老人相依相偎，喁喁私语，像一对年轻的恋人。

三

一个月后的一天晚上，半个月亮慢慢浮出湖面。公园亭子间，独臂老人和老妇人紧紧拥抱，那只空衣袖随风晃动。

"明天就走？"

"明天就走。"

"不能再多住些日子？"

"已经多住些天了。"

老妇人啜泣："代我向那边的大妹子问个好，啥时，把她一块儿带回家来看看。"

"嗯。"

"还有孩子们。"

独臂老人哽咽："嗯，会的。等着我。"

浑浊老泪，纵横交流。

四

小城的公园里，游人如织。每天，一批游人走了，又一批游人进来。游人的面孔在不断变换。

不变的是公园的风景。

不变的是水上亭子间，白发老妇人独倚石栏，面向东南方，凝成一尊守望者雕像。

病　因

　　关同志是个坐机关的人，工作不忙也不闲，工资不高也不低，生活不精彩也不乏味。用关同志的话形容，就像一对老夫老妻过日子，平平淡淡，无惊无奇。

　　每天，关同志做完手头的工作，翻翻报纸，从一版看起，看到四版。近年，报纸纷纷改版，扩到八版或十二版或十六版，他就从一版看到八版、十二版、十六版，看完新闻看中缝，看完中缝看广告，一字不落。

　　关同志一边看报，一边端起面前的玻璃杯，"滋溜"，呷一口茶，眼睛仍不离报纸。过一会，再呷一口。有人观察过，关同志每喝一口茶大约间隔两分钟。关同志每天要喝三暖壶的水。所以，关同志每天上班头一件事便是打来开水，泡上一杯茶，再将办公室打扫一下，然后坐下来开始办公。

　　不知从哪天起，关同志讲究起养生之道来，从报刊上剪下许多养生秘诀之类的小文章，贴在本子上，闲暇时，拿出来翻翻。就说喝茶吧，什么茶什么时间采，适用什么水泡，泡多长时间，头遍茶怎么泡，二遍茶怎么泡，他都说出一套一套的。他桌上那茶杯，一会儿换成紫砂的，一会儿换成磁化的，一会儿换成真空的，一会儿又换成麦饭石的。

一次，关同志看到报纸上关于坐办公室的人易得腰椎病的报道，就直了直自己的腰，忽然就感到腰椎真的有些酸痛。腰椎病可不是闹着玩的，能导致瘫痪。关同志连忙去医院检查，结果没毛病。但是，关同志还是防患于未然，天天加强腰椎方面锻炼。

又一次，他看到一篇关于糖尿病的文章，目前我国患这种病的比例还比较高，患了这种病可不得了，终身治不好，会引起心脑血管、肾脏、眼睛、皮肤等多方面并发症，可能导致心肌梗塞、失明、截肢等。关同志想，自己还从未查过血糖，得赶紧去查一下。就去了医院，结果，未查出问题。关同志为谨防此病，非常注意调理饮食和体育锻炼。

类似的情况还有过多次。关同志总怀疑自己有病，害怕有病。但是，一次次去医院，都没有查出什么毛病。

关同志仍然每天上班下班，忙完工作后，看报喝茶，业余时间研究养生之道。

一天，关同志看报时，仍时不时地端起茶杯呷一口茶，忽然间，呷出点异样的感觉，可一时说不准身体的哪个部位有异样。第二天上班，手头没啥事，关同志又开始呷摸，这才慢慢呷摸出，似乎肝部隐隐有痛感，而且，越是认真地感受，痛感越强。于是，又要去医院检查。同事们笑说，不必这么疑神疑鬼，草木皆兵。关同志正色道："还是小心不为过。"便抽空去查了。

医生检查后告诉他，是胆囊管有点粗糙。

关同志回来对同事们说："怎么样，到底还是有毛病，不是杞人忧天吧？"

大家只好附和："对对对，那就赶紧治疗吧。"

可是，吃了很多药，仍不见好转。关同志想，肝胆相连，会不会是肝上有啥毛病？就又到医院检查。医生告诉他，不但肝上没有病，而且胆囊毛病也好了。

"胆囊毛病也好了？不可能吧，那我怎么还感觉到疼呢？"关同志根本不相信医生的话，他怀疑医生没有查准确。

关同志回到办公室，就开始琢磨，既然胆囊毛病好了，肝区怎么还疼呢？那就更说明肝上有问题。

关同志越想越觉得不对劲，就向领导请了假，到大城市的权威医院去检查。可仍没有查出毛病。接着，又跑了几家大医院，还是查不出病来。

每次检查后，关同志都要问医生："没病怎么会疼呢？疼怎么会查不出病呢？"

医生好像事先商量好似的，都回答："我们只相信科学。"

关同志还是不甘心，问医生能否随便开点药给他。

医生不耐烦了："你这人怎么了？没病想病，没查出病因我怎么开药？我总得对症下药吧？"

关同志无语。

回来后，也不好没病在家呆着，还得照常上班。同事们很关心他的病情，见了他，都问病因查出没有。关同志谢过人家之后，总是不厌其烦地说："没病怎么会疼呢？疼怎么会查不出病呢？"弄得跟鲁迅笔下的祥林嫂似的。

关同志每天虽然还是上班下班，看报喝茶。但是，心里却再也平静不下来。整天焦虑不安，心事重重。

关同志一天一天消瘦，瘦得皮包骨头。终于，支不下去了。

弥留之际，关同志抓住同事的手说："世上最痛苦的事，莫过于不知自己是怎么死的。"

老　板

老板每天西装革履，夹着公文包，头发梳向脑后，戴副金边眼镜，俨然一个大老板，派头十足。

不过，细看他的行头，公文包很破旧，西装皱皱巴巴，眼镜的金边颜色早就分辨不清了，手上的戒指是假的。

老板睡到日上三竿，打了个哈欠，高声叫道："女秘书，走。"就夹着公文包启程了。

其实他只是孤家寡人一个。

老板走到门口，问："司机呢？"问过之后又自言自语道："司机家里有点特殊事情，请假了，今天只好辛苦两条腿了。"

然后，老板就在街头晃荡。晃到中午，肚子饿了，对着公文包说："秘书，今天有个应酬，跟我陪酒去。"

老板进了家门，对家人说："今天业务太忙，来晚一步，让各位久等了。"

吃饭的时候，老板把公文包放在身边，不时地对着公文包说："给各位老板敬酒呀。"

老板的爹妈瞧儿子这副模样，唉声叹气："作孽呀。"

因为家里穷，老板三十多岁了，还娶不上媳妇。老板做梦都想发财，决心赚一大笔钱。可天上不会掉馅饼。于是，老板跟着一个真的老板打工。然而，真的老板总是对他太刻薄，动轧呵斥谩骂，克扣工钱。

老板一气之下，炒了真老板的鱿鱼。

后来，他多次跳槽，又换了几个老板，都因他不满意真老板的行为，辞职不干了。

倒是有一个真老板对他很好，工资也给得很高。真老板还帮他介绍了个非常漂亮的对象，老板十分满意。过了一个星期，姑娘提出要和他结婚。老板喜不自禁，连忙通知家里筹备婚礼。

后来，他意外地发现，那姑娘竟然怀着身孕。在他再三逼问下，姑娘才道出真相。

原来，这姑娘被真老板搞出了肚子，真老板不想和老婆离婚，这姑娘又不肯把肚子打掉，可又不能让肚子里的孩子生下来就没爹。真老板没办法，只好答应出一笔钱，将姑娘找个男人嫁出去。

老板肺都气炸了，毅然离开真老板，也离开那姑娘。

这些个老板，凭什么家里有老婆，还这么肆无忌惮地多吃多占？偏偏那些漂亮女孩子心甘情愿做人家的情人。不就是老板有几个臭钱么？

老板越想越气愤。痛定思痛，老板决心自己当老板。只要当了老板，就不愁找不到花容月貌的好媳妇，天涯何处无芳草？

此后，老板一举手一投足，处处模仿大老板的作派，寻找做老板的感觉，仿佛自己已经是大老板。

所有认识他的人，都叫他老板。久而久之，老板就成了他的名字。

"老板，帮我跑趟腿。""老板，这事你去办一下。"

老板却命运不济，一直没当成老板。

　　但他当老板的心愿却与日俱增。

　　老板整天神思恍惚。一天，在大街上走着，被迎面而来的一辆汽车撞个正着，当即人事不省。

　　人们都认为他不会再醒来了，医生干脆通知他家里准备后事。

　　正当医生将白被单蒙向他的头脸时，他妈赶来了。老太太既不悲伤，也不流泪，虎着脸，"啪、啪"地打了他两个耳光，口中大叫："老板，你还没当成老板呢。"

　　老板竟然慢慢地睁开眼睛。

　　医生说，真是奇迹。

　　活是活过来了，只是，从此老板的神经就出了毛病。

❜特殊任务

晚饭后，市政府办公室宋秘书临出门，老婆提醒他："外边冷，穿上大衣。"

宋秘书接过老婆递上的军大衣，披在身上。打开门，一股寒气扑面而来。

老婆又提醒："那个带了没？"

宋秘书明白她说的"那个"是什么意思，答道："带了带了。"为了证明他没忘记，还拍了拍上衣的左口袋。里边的大信封将口袋撑得鼓鼓囊囊的。

老婆这才放心地关上门。

宋秘书出了楼道，把大衣裹得紧紧的。

李局长家住在一个新建的小区里。小区的上首，有一片别墅群，占尽了这片小区的好风水。

宋秘书跟大门口的保安打了招呼。宋秘书前几天曾经来过两趟，保安都认识他了。第一次到李局长家，按了好半天门铃，门里都没人应。第二次，倒是有人应了，还打开了门。只见门缝里伸出一张中年妇女的脸孔。宋秘书报了自己的身份后，妇女说她是保姆，李局长家没人在家。宋秘书瞧着这女人眼熟，不像保姆，很有可能就是李局长的老婆。不过，既然人家自己说是保姆，他也不好强定人家就是李局长老婆。大信封里不是小数目，怎么好随便交给一个保姆？宋秘书只得作罢。

李局长住在九号别墅。宋秘书一幢一幢数过去，一边走一边担心，可别再碰不到李局长，白跑一趟。这件事，一定得面见李局长本人，才能解释清楚。然而，很难见得着李局长，像是和他捉迷藏。也可能李局长真的太忙，当领导的，个个"日理万机"。

惴惴不安地按响门铃。大门"吱呀"一声响，李局长的老婆和一条小狮狗一道出来迎接。小狮狗颠儿颠儿地向前小跑几步，来到宋秘书脚边，极为友善地蹭了蹭宋秘书的裤脚。听说，李局长家以前可是养着条大狼狗。门外一有动静，就会很张扬地"汪汪"大叫，瓮声瓮气，挺吓人的，令来人不敢近前。后来，客人干脆不肯上门了。不知何时，大狼狗被这条温柔可爱的小狮狗取而代之了。

李局长的老婆不冷不热地将宋秘书引向客厅。李局长正倚靠在沙发上看电视，见来人是宋秘书，站起来热情地和他握手寒暄。尔后，客气地将他按坐在沙发上。

李局长老婆泡了一杯茶，表情木然地端上来。

宋秘书道了谢，接过茶，吹了吹浮在上面的茶叶，抿了一小口。心里寻思着，怎么开口才能委婉一些，如果直截了当地把信封掏出来，怕李局长不会收，反而弄得两人都尴尬。

没等宋秘书开口，李局长笑吟吟地问："宋秘书，这么晚了，大驾光临，有什么要事？"

宋秘书放下茶杯，像这才想起来有事似的，可话到了嘴边，却变成："噢，没，没事。"

李局长毫不介意，换上爽快的语气："有事尽管说，不要客气。我这人，没什么大能耐，但对人还是热心的。说吧，需要我帮什么忙？"

　　见李局长如此礼貌、诚恳，宋秘书心想有戏了，便试探着说："真的要请您帮个忙呢。"

　　李局长像猜中了宋秘书的心事："我说嘛，这么晚了，摸到我家来，准是有事。"

　　宋秘书从上衣口袋里掏出信封，说："李局长，这个……请您收下。"

　　李局长挡住宋秘书的手："宋秘书，你这就不对了，有事尽管说，还来这一套。"

　　宋秘书忙说："您误会了，是张市长让我……"

　　李局长一听，愣了愣，收住笑容："你这就更不对了。"

　　宋秘书说："请您务必收下。"

　　李局长拉下脸，说话也不客气了，变得冷冷的："宋秘书呀宋秘书，这些事你竟然也揽下来，你是在领导身边工作的，怎么像没长脑子？"

　　宋秘书十分言词恳切："务请帮忙，李局长。"说毕，将信封放在茶几上，起身欲走。

　　李局长也生气地站起来，拽住宋秘书的胳膊，将信封硬揣进宋秘书的大衣口袋。然后，不容分说，将宋秘书往外推。

　　李局长身材魁梧，宋秘书生来瘦小。李局长的一只大手钳子般抓住宋秘书的两只手，不让宋秘书再往外掏那个信封。另一只手老鹰捉小鸡似的，连夹带推着宋秘书往院门走。

　　宋秘书一边作无谓的挣扎，一边气喘吁吁地说："请您，帮忙，帮个忙。"

　　李局长却理直气壮："哪能这样？不行，不行！"

　　两个人就这样推让着，一直缠到院门外。随着铁门"哐当"一声脆响，宋秘书被坚决地拒之于门外。

　　宋秘书无可奈何地站在门外，冻得瑟瑟发抖，想将信封再从门缝塞进去，可思虑再三，又觉不妥。这么大的数目，若不当面交给李局长，以后恐怕说不清楚。

　　宋秘书沮丧至极地走出这片小区。

　　一阵寒风袭来，他打了个寒战，裹了裹大衣，将领子立起来，一边走，一边愤愤地想：角色完全颠倒！看来，这个退礼任务难以完成了。

经　验

小郝在机关里当秘书有些年头了。

或许是平时经常写工作总结、典型材料的缘故，大凡秘书都擅长概括、总结。时间长了，就养成习惯，或者说是职业病，凡事都爱总结出个一二三来。小郝当秘书久了，就积累了一肚子的经验。有工作上的，有生活上的，有为人处世方面的。一套一套的，信手拈来，都会令那些新来的秘书佩服得五体投地。

譬如，秘书与领导一起走时，不能并行，而要慢半拍，以示礼貌。这也是区分领导与下属的好办法。否则，到了陌生的地方，人家错把秘书当领导，先与秘书握手后跟领导握手，岂不让领导尴尬？再譬如，秘书平时不该问的不问，不该说的不说，不该传的不传。这是纪律。但有时闹不清该还是不该，颇费踌躇。该与不该，学问很大，全靠自己细心揣摩，慢慢体会。

小郝有个随身带的精致的小本子，领导有啥交办的事，立即认真记录下来，一副郑重其事的样子。工作完成后，及时向领导汇报。小郝常总结说："好记性不如烂笔头，万一忘记可就误了事。"领导对这种踏踏实实的作风很欣赏，好几次在秘书会议上表扬他。小郝成了办事细致、富有经验的典型。

小郝不骄不躁，小本子仍然随身揣着。其实，有时一些小事或者当即就办的事，毋须记录，根本不会忘记，但小郝仍掏出小本子，刷刷地往上记，大概这也成习惯了。不过，从没有人见过小本子里的内容。

小郝终于要从秘书熬成办公室副主任了。这是领导有天下午透给他的风。

晚上，两个新来的秘书请小郝到一家小酒馆小酌几杯，意在取经，走一走捷径。小郝由于心情好，多喝了两杯，酒酣耳热之际，经不住两个新秘书一左一右吊着膀子讨教，便侃起了做秘书的经验，不知不觉侃到小本子时，无意之中透出了秘密：小本子上啥也没记，只是做做样子，有时顶多在上面胡乱划拉几下。

谁知，隔墙有耳，被人听了去，一时传为笑谈。办公室主任说："真是好（郝）秘书。"小郝知道是反话。

自然，提拔的事也成了泡影。

后来，小郝就又总结了一条经验：有些事能说不能做；有些事能做不能说，更不能成为经验。

瞧，职业病又犯了。

♪ 酒　胆

老黄这人性格有些内向，拘谨。平时在单位里，与同事之间一天不说三句话，见了领导，更是敬而远之，绕道而行。

但是，几杯酒下肚，就变得口若悬河，妙语连珠。

原先，老黄滴酒不沾，上了酒桌，光吃菜不喝酒，人家跟他碰杯，他只举杯示意，或者以茶代酒。

偏偏这地方是酒乡，盛产美酒，而且酒文化氛围十分浓厚。酒席上，主人宣布宴席开始，按规矩，"酒司令"先领大家一起喝三杯"门面杯"，然后才相互敬酒。敬酒一般要喝两杯，叫"双双对对"，意即好事成双。酒量大的，也可以敬四杯、六杯，叫"四四（事事）如意"、"六六大顺"。还可喝更多，总之数量要逢双。酒量小的，可以喝一杯，叫做"一杯万意"。酒至高潮，还会猜拳行令，吆五喝六。最后，大家再共同喝两杯。这种风俗，把宴席搞得热热闹闹，高潮迭起。人与人之间的友情亲情，也就在这推杯换盏中得到加深。

在城里，虽然这种风俗改革了不少，但是，酒桌仍是人们交际的重要场所。像老黄这样滴酒不沾的人，上了酒桌只吃不喝，往往被晾在一边，无法同人交流，只好不尴不尬地僵坐着。时间久了，有了饭局，同事们也不再叫他，领导出去应酬也不愿意带他。

好在老黄业务能力不错，在单位里尚能立足。

一次，领导要去谈一笔业务，需要带一名助手。可是，单位里能说会道、能喝擅唠的谈判高手出差的出差、生病的生病。没办法，领导只好把老黄带上，毕竟，老黄在业务上是强手。那天的谈判，由于老黄语言表达较差，一上午没谈出结果。中午，谈判双方一起用餐。酒桌上，领导一个人同对方三个人拼酒，眼看就要抵挡不住了。老黄岂能坐视，便硬着头皮，端起酒杯，跟人家连连干杯。几杯酒下肚后，老黄话就多起来，跟喝酒前判若两人，变得口齿伶俐，滔滔不绝。原来打算下午继续谈判的内容，竟然在酒桌上敲定了。

领导对这次谈判非常满意，在单位全体人员会议上表扬了老黄。不久，又提拔老黄当中层干部。

自此，老黄每逢开会讲话或谈判，事先必喝一点酒。后来，干脆在公文包里放一小瓶二两装的酒。同事们戏称他的包是酒囊。再后来，嫌酒瓶放在包里有损形象，就把酒倒在茶杯里，发言时，不时地拧开杯盖喝上一口，人家浑然不觉，以为是喝茶。

同事们笑说，这叫酒壮英雄胆。

老黄听了，摇头笑笑。

随着谈判一次次取得成功，老黄对单位的贡献越来越大，领导对老黄也越来越器重。人们都说，老黄要走鸿运了。

就在老黄即将提升之际，发生了一件事。

单位搞基建，领导的上级领导的小舅子家里也建房子，从这里的工地拖走了一批建筑材料，可只字不提钱的问题。大家私下里议论纷纷，却没有一个人敢当着领导的面提意见。老黄知道后，先喝了半斤酒，然后来到领导的办公室，将喝剩下的半瓶酒往老板桌上一顿，从容不迫数落开了。从古说到今，从大道理说到小道理，再加上一连串的质问，直说得领导头上冒汗，脸上青一阵紫一阵。

领导火了，猛拍一下桌子，断喝一声："够了！"

老黄仰脖子喝干了半瓶酒，把空酒瓶"砰"地摔碎在地上，也拍起桌子，跟领导叫上板了。后来，好不容易被同事们拉走。

有人说，老黄居功自傲，不知自己姓甚名谁了，酒再壮胆也不能倚酒三分醉，这么不知天高地厚，真是吃了豹子胆，这下完了，小鞋是穿定了。

老黄自己也作好充分思想准备，单等领导一句话，立马走人。

可是，等了数日，仍不见动静。后来，听说领导早就暗暗追回了那批建筑材料款。

又过了一段时间，老黄竟然被提拔进领导班子。

就职演说前，老黄从包里掏出个精致的小酒瓶，满饮了两口。

第六辑·人海茫茫

剑 客

茫茫大漠，落日昏黄。

剑客步履坚定，行色匆匆，风尘仆仆。肩上那柄削铁如泥的龙吟剑的剑梢上挑着酒葫芦。酒葫芦在他身后晃晃荡荡。

漠风溜溜地吹在脸上，干冷，生硬。剑客衣袂飘飘，鬓发飞扬，脸上神色冷峻，嘴角透着坚毅。

剑客刚刚结束了一场鏖战，打败了武林第二高手。他实际已成为第一高手。因为，原来的第一高手，只存在于江湖传说中，这许多年来，谁也没见过。但是，剑客不满足，他不承认自己是第一。他一定要找到并彻底打败那个第一高手，才算是真正意义上的天下第一。

传说中，第一高手就是从这里，走向大漠深处。他为何躲进这荒漠里来？剑客百思不得其解。

这里人烟稀少，满目戈壁。剑客从昨日起，一直走到今天日头偏西，方才碰上一户人家。

这是个柴门草舍，泥巴小院。

剑客心下狐疑，荒无人烟之地何来人家？莫非就是自己要寻找的人？剑客取下肩头的剑和酒葫芦，提剑在手。正欲叩门，只听得"吱呀"一声，柴门半开。

剑客右手习惯地握紧剑柄。却见门开处，侧身现出一位古稀老者。老者一身农夫打扮，粗布衣裤上打着补丁。从老者身后望进去，院内还有些锄头镰刀之类农具。剑客稍稍放松警惕，上前施礼，声称路过此地，讨口水喝。

老者上下打量剑客一番，接过水囊，进了院子。片刻工夫，灌满水囊出来，递给剑客。

剑客从老者炯亮的眼神和稳健的步履上断定，他，就是第一高手！便向老者说明来意，欲向前辈讨教。老者却连连摇头摆手，矢口否认："大侠如若不信，只管进去查看有无兵器。"

剑客真的进屋查看了，里里外外并无半件兵器，屋里亦无他人。

尽管心存疑惑，但总不能强逼人家比武。剑客只得向老者打探第一高手行踪。

老者说，他虽不是第一高手，但他见过第一高手，他是最后一个见着高手的人，当年，第一高手就是从这里向西而去，走进大漠，再没见回来。老者还告诉剑客，他这里是最后一户人家，再向西走，绝无人迹，这些年，不断有人从此经过，寻找第一高手比武，却从未见到一个回头的。

剑客谢别老者。

老者劝他三思而行，别去送死。老者说，天下第一，又能如何？老者又说，欲望无边，害人害己。

怎奈剑客去意已决，嘴角掠过一丝不屑的笑意：如若功亏一篑，岂不让武林中人耻笑？！剑客义无反顾地走向大漠。此时只有一个念头：一定要成为天下第一高手！

按老者所说，江湖上的传说就得到证实。剑客热血沸腾，激动不已，仿佛感受到，剑鞘里的剑已按捺不住，铮铮作响，跃跃欲试。

老者目送剑客远去，看着剑客在旷野上渐渐小下去，小成一个黑点，最后，消失在视野里。

剑客觉得，他来到这世上，就是为了成为第一高手。为了这个第一，他吃尽苦头，饱受磨难。

很小的时候，当镖头的爹就教他苦练武功。后来，偶然中，剑客得到高人指点，学得一宗武林秘笈，却不断受到追杀，以致爹娘也受到连累，被人杀害。

苍茫漠海，剑客踽踽独行。昏黄的日头渐渐沉下去。剑客的影子在身后拖得很长很长。剑客抬头望天，灰蒙蒙的天空连一只鸟都没有。四顾茫茫，沙丘起伏，一片死寂。偶尔，能见到一截枯朽的树桩，几根不知是人还是兽的白骨，三两件锈蚀的兵器。

暮色四合，漠风渐紧，"嗖嗖"作响。沙粒打在脸上，麻酥酥的疼。

剑客疲惫不堪，寻一座沙丘背风处，躺下歇息。半梦半醒间，忽觉有个大汉压向他。连忙拔剑跃起，左劈右砍。原来是个沙丘被漠风移动过来。剑客费力地钻出沙丘，抖去满头满身的沙尘，再不敢贪睡，便取过酒葫芦，喝了两口，聊以解乏。

下半夜，风越刮越猛。又有两座沙丘袭来，剑客再次跃起，冲出沙丘。不料，紧接着，沙暴肆虐，沙丘源源不断，呼啸而来，若摆兵布阵一般，忽左忽右，忽前忽后，变幻莫测。

剑客腾挪跳跃，左躲右闪，使出浑身解数，将剑舞得呼呼生风，劈散一座座袭来的沙丘。

沙尘上下翻飞。

沙丘仍然一座座盖顶而下。剑客气喘吁吁，大汗淋漓，挥剑逐渐吃力。

　　剑客拼尽最后的力量，纵身而起，奋力一搏，将那柄龙吟剑使劲刺向天空，刺向上苍。心底发出一声无奈的长叹。

　　天色渐明。茫茫大漠复归平静，就像什么也没发生过。一座大沙丘上，刺出的半截龙吟剑，寒光闪闪。

　　老者伫立门前，向西眺望。自剑客走后，他一直在等候，却不见剑客归来。老者不禁摇头叹息："退一步，方为高人啊。"

名　片

社会上流行使用名片的时候，王五也印了名片。名片制作得十分精致，只是，名字后面没有头衔，令他在发名片的时候有点自卑。而且，一盒名片两年也没有用完。

不过，这丝毫不影响王五发名片的热情。王五遇见初次见面的人，就一圈一圈发名片，还说些"多联系，请多关照"之类的话。

一次，王五被领导叫去陪客。既然领导作陪，这个客人的地位自然就比王五高了。席间，客人一张张发名片，王五也从兜里掏出名片散发。客人一边同领导说话，一边漫不经心地伸出手，接下了王五的名片，看也没看一眼。王五有些尴尬。散席后，大家依次离席。王五地位最低，自然是最后一个走。王五临走时向客人的席位看了一眼，发现自己的名片仍躺在桌子上。他气得抓过名片，撕得粉碎。

自此，王五不再不问青红皂白地乱发名片。对于地位比他低的人，他会主动散发；对于地位比他高的，他一般不发名片，说一句"没带名片"或者"名片刚用完"，就搪塞过去了，也有偶尔心情好时，人家发给他名片，他才会互换一下名片。

后来，王五的地位发生了变化，有了小职务，便在名片上印上职务。再后来，头衔越来越多，职务越来越高，王五的名片上已印不下了，连反面都用上还是太拥挤。只好去粗取精，去伪存真，避虚就实。

王五发名片的热情又高涨起来，一盒名片用不了几天就发完了。其实，有时也并非王五主动发名片，而是人家向他索要，他只好发一张给人家，人家就会如获至宝，不胜荣幸。有时王五心里不乐意，就说名片用完了。

名片发多了，也有令人生烦的时候。名片上印有电话号码，每天找王五的电话就多。有找他联系工作的，有私事相求的，有托其走后门的。王五每天很忙，可以说是焦头烂额。

一天，两个公安人员找到他，说有个卖淫女交代，王五曾经去嫖过娼。证据是，王五嫖过后，给了卖淫女一张名片。王五感到莫名其妙。公安人员哪里听他辩解，要他到公安局去"说说清楚"。

公安人员将王五带给卖淫女当面指认，这个卖淫女却根本认不出他。公安人员只好再审卖淫女，终于弄清原委。原来，王五的名片是从一个嫖客身上掉下来的，卖淫女认定那嫖客名字就叫王五。卖淫女被公安人员抓来后，因为每坦白交待出一个嫖客，就可以少罚她五千块钱，所以，她就把王五交代出来了。

那个嫖客是谁？怎么得到王五名片的？王五不得而知。

王五从此不再发名片了。

不过，日后，王五还是栽在名片上。

王五与一桩经济案有染。案子的线索就是以前发的那些名片引出的。

出了经济问题，王五丢了饭碗，名片上那些头衔自然也都没有了。

王五干起个体，搞了个公司，自己给自己打工，自封总经理。

　　有一次，王五跟一个老板谈业务，本来那老板牛得很，对他没多大兴趣，不想和他合作。后来，偶然听说王五当过不大不小的官，拥有过不少头衔，领导过很多人，便对王五刮目相看起来。业务竟然就谈成了。

　　王五便琢磨，虽然现在削职为民，好汉不提当年勇，再提以前的辉煌未免有些尴尬，但是，以前那些头衔倒还有点无形资产的作用。

　　以后，王五谈生意时，又常常散发名片。名片印得和以前一样的漂亮，只是，原来的头衔前，加了个字——"原"。

梦

四野茫茫，沙砾遍地。沙枣树东一丛西一丛，在嗖嗖的漠风中瑟瑟发抖。昏黄的月亮毛茸茸地悬在天空。远处，野狼时不时发出骇人的嗥叫，令人头皮发麻，毛骨悚然。隐隐约约传来号角声，恍惚间，还看见几点火光在移动。

莫非是大漠边关？

正疑疑惑惑不知身在何处，忽然有人叹息一声。忙四下里寻找，却形影相吊，别无他人。一颗心猛地收紧了：有鬼！

耳边分明有人又重重地叹息一声，接着，呜呜咽咽地低声啜泣起来，其声哀怨，似有无限冤屈，令人愁肠百结，寸肠肝断。

便壮着胆子断喝一声：是冤鬼屈鬼？出来！

啜泣声立止。

待前行几步，哭泣声又起。却捉摸不定在什么方向，前边、后边？左边、右边？好像是，又好像都不是。

再往前走几步，发现一丛高一点的沙枣树。借着暗淡的月光，见树丛下有一口铁锅，似是军用锅，内有半锅稀粥在滚沸。侧耳细听，哭泣声竟来自锅中。稀粥滚沸怎成哭泣之音？折一根沙枣树枝，伸进去一搅，捞出一弯茶壶嘴儿，茶壶嘴大头一端与壶身连接之处有七个孔眼。心下疑惑，莫非哭泣之声从这孔里发出？

壶嘴儿忽然蹦到地上，一张一合，说起人话来。茶壶嘴说，它本是一只上好紫砂壶，从中原流落到边关，是随它的主人而来。主人是被秦王征来戍边的军士。后来，它的主人因思乡心切，常有怨言。首领得知后，斥责他动摇军心。他冒犯了首领，遭毒打身亡。主人死后，紫砂壶被遗弃荒野。每当有风的夜晚，风吹壶嘴，发出呜咽之声，军中将士闻之，顿生思乡之情，有的士兵甚至产生冒死逃回故乡的念头。首领派人寻声搜来，将紫砂壶摔碎在地。壶身碎了，壶嘴尚好，加之壶嘴与壶身结合部有七孔，风吹壶嘴，竟发出凄恻缠绵之音，比紫砂壶摔碎前发出的声音更加令人忧伤。首领又派人来捉拿，壶嘴无处躲藏，便钻进军锅里。谁知，锅里的稀粥滚沸，也会让壶嘴发出声音。只怕这一次难逃劫难了。

壶嘴正期期艾艾地诉说着，忽见两个全身铠甲、手持长矛的军士，气势汹汹而来。壶嘴绝望地叫道："大侠救我！"一语未了，军士一把捂住壶嘴，嚷道："抓到了，抓到了！"立即又围过来十几个军士，一哄而上，押着壶嘴向他们的首领邀功请赏去了。

四顾茫茫，沙砾遍地。沙枣树东一丛西一丛，在嗖嗖的漠风中瑟瑟发抖。

我孑然伫立。

，朋　友

老沈常说：多个朋友多条路。

老沈还常说：有首歌唱得好，一个篱笆三根桩，一个好汉三个帮。

老沈是老机关，老办事员，交际广，朋友多，三教九流的，各个层次都有。老沈有两大本名片册，还有厚厚的一本电话号码簿，上面密密麻麻记满了熟人、朋友的电话、手机号码。后来朋友多了，又将号码分类，分工、农、商、学、兵、机关干部，又分本地、外地，分得很细。每个人名后面又记下此人有哪些主要关系，哪些办事门路。老沈戏称号码簿为"密电码"和"联络图"。老沈朋友多，路子野，托老沈办事的人就多。有购买家用电器想价格便宜的，有小孩转学想少交费的，有驾驶执照被扣想尽快取出的。只要找到老沈，老沈再与各路朋友一疏通，准能办成。

如今这年头，托人办事免不了要到饭店搓一顿。老沈经常帮人办事或受人之托请人办事，于是，常有饭局，经常出入于大小饭店。

认识他的人慨叹：这也能吃香喝辣的，倒也是一种活法。

前不久，朋友龙三请他吃饭。酒酣耳热之际，龙三说他的一个铁杆朋友的舅舅——一个机关干部犯了经济错误，请老沈鼎力相助，给疏通疏通，能否处理轻些。

老沈说："我这'密电码'跟手机一样，也存在盲区，这方面的朋友较少，还真不敢打包票。但可以试试看，尽力而为吧。"

龙三连忙说："那是那是，请您费心了。"

吃了人家的嘴软，拿了人家的手短。从饭店回到家，老沈就查看密电码，画出一张联络图，然后按图所示，一一拨出电话，总算在"三级解码"中了解到一位，是朋友的朋友的朋友，在某要害机关任职，估计能帮上一点忙。

第二天，老沈先宴请这位"一级"朋友，这个朋友是个杀猪的。杀猪的很仗义，当即表示义不容辞，约定第三天晚请那个"二级"朋友。

"二级"朋友是个医生，常在杀猪的那里买肉，同杀猪的就交上了朋友。医生酒足饭饱之后，答应找那个要害机关的朋友——也就是老沈的"三级"朋友——试试看。

机关干部常在医生那里看病，同医生就交上了朋友。在赴老沈的第三次宴请之后，机关干部说他的职位太低，他再找找他的老领导试试，让老沈在家静候佳音，一有消息，马上通知他。

老沈觉得有点信心了，就立即挂电话给龙三，告诉他事情有点眉目。龙三连声感谢，并请老沈一家子又下了次馆子。

一个星期过后，机关干部那里没有消息。一个月后，仍不见动静。老沈打电话给杀猪的催问，杀猪的打电话给医生，医生打电话给机关干部。最终反馈的消息是：别着急，正在托人活动。

又一个月过去。一天，老沈老婆的同事小崔请他们一家人下馆子。席终人散，小崔对老沈说："有件事想请您帮帮忙，我知道您路子广，一定能解决。"老沈问什么事，小崔说："也是受朋友所托，有个机关干部出了点经济问题，请您帮忙，朋友托朋友，疏通疏通，处理上能轻一点。"

老沈忙问："这个人叫什么名字？"

小崔说："具体名字记不起来了，只记得姓欧阳。"

老沈直觉得"嗡"的一声，脑袋发大。此人正是两个月前龙三相托帮忙的那个人。

老沈不知怎么回的家，一路上自言自语念叨："怎么又转回来了呢？"弄得老婆骂他喝多了。

回到家，老婆才听他解释了来龙去脉。老婆说："有些事，并不是光凭朋友关系能办得了的。"

阳台二题

隔　壁

文学青年卜一，嫌机关里人浮于事，死气沉沉，太没劲，便辞职在家做自由撰稿人，写各式各样的文章，收入倒也不菲。但身处闹市区，很不安静，就搬到城郊结合部的小区。

房子在三楼，是小套，面积不大。但小两口把屋里精心布置得十分雅致、得体。卜一对这房子很满意，便整天坐在电脑前敲打各种文章。累了，到阳台上呼吸呼吸新鲜空气，扩扩胸，弯弯腰，活动活动筋骨。

多数人家为了增加房子实用面积，把阳台封起来。卜一只有小夫妻两人，房子足够住了，而且也为了让卜一累了的时候到阳台上活动活动，他们就没有把阳台封起来。

隔壁的阳台也没有封。那天，卜一站在阳台上锻炼，见隔壁阳台上站着个老头，也在锻炼。他们互相点点头，算是打了招呼，也算是认识了。卜一点过头之后，就回屋继续敲他的电脑。

一天早上，卜一在阳台上做广播体操，隔壁的老头也在阳台上。他们交谈起来。老头很健谈，说话爱夹着手势，不过，尽说些家长里短，天气物价什么的。卜一只记得他说他姓王，退休在家，老夫妻颐养天年，其他的话都记不得了。

又一天，卜一刚到阳台上，王老头好像早就等在隔壁的阳台上，很高兴的样子，先问候一句，然后就交谈起来，其实主要是王老头在说，卜一只是听众。卜一感到没什么共同语言好谈，出于礼貌，有一搭没一搭地应着。

不知从哪天起，常常卜一刚往阳台上一站，王老头都会及时出现在阳台上，逮着卜一就说个没完。卜一觉得王老头怎么这么唠叨，是不是人年纪大了都这样？他的老伴是否也是这样？不过，卜一没见过他老伴。

时间久了，卜一觉得王老头的唠叨有点让人生烦。本来在屋子里写文章写得累了烦了，头昏脑胀的，想出来好好透口气，清醒清醒。可这王老头却絮絮叨叨没个完，说的话题卜一又实在不感兴趣。每逢王老头唠叨时，卜一只好一边礼节性地哼哼哈哈答应，一边匆忙做几次深呼吸，扩几下胸，然后，说声"我忙去了"，便逃也似的回到屋子里。

卜一有点害怕去阳台了，以前每天都要去几次，现在只能隔三差五才去一次。就这，王老头遇见了，还十分关心地问着两天怎么没见到他，是不是病了。

后来，卜一的女儿毛毛出世了，找了保姆，屋子里有些拥挤，小两口就把阳台封了。

一次，卜一和妻子出去办事，小保姆打电话找他们，带着哭腔，说她去菜场买菜，回来开门时才发现钥匙忘在屋里了。毛毛在屋里睡觉，现在醒了，正在屋里哭呢。

毛毛刚刚会爬，如果爬到床边，一头栽在地上，后果不堪设想。卜一和妻子连忙往回赶。到了家，小保姆已经进屋把毛毛哄睡了。

小保姆说，幸好阳台对着隔壁王大爷那面的窗子没上门，如果不是王大爷冒险从阳台爬过来，孩子很可能跌到地上，那可就糟了，现在想想，还心有余悸。

晚上，卜一和妻子买了礼物，上门表示谢意。

让他们感到惊讶的是，王老头竟然是孤身一人，老伴去世已经好几年了，墙上挂着很大一张遗像。

通过交谈才得知，王老头的老伴是个哑巴，王老头和老伴生活几十年，打了几十年手势。

第二天，卜一就把封闭的阳台拆了。

对面的女人看过来

那天，自由撰稿人卜一和妻子拆卸封阳台的铝合金材料，弄出叮叮当当的声响，引得对面阳台上一个女人盯着这边看。卜一朝妻子噜噜嘴，唱出一句歌词："对面的女孩看过来，看过来看过来。"

妻子酸溜溜地说："拉倒吧，眼睛睁大点，那是女人看过来，不是女孩，美的你。"

对面是一溜儿小别墅。人家那阳台才叫气派，屋子周围一圈都留有阳台，应该称作走廊了，人可以沿着屋子四周散步。

卜一平时根本没细看这些小别墅，也就未注意到别墅里的女人，更谈不上去分辨这是女孩还是女人了。

不过，打那以后，卜一再到阳台上锻炼身体时，就会有意无意地向对面瞅一眼。有时在屋里读书写作眼睛疲劳了，到阳台上调节视神经极目远眺时，也会眺到对面阳台上。

卜一所住的普通住宅楼与对面的别墅之间有一些距离，所以这女人长得怎样，看不清楚。但是，可以看出，女人的身材非常苗条，散步的姿态也很优美。卜一断定，这一定是个漂亮女人。

经过多次观察，卜一没有发现其他人在这座别墅里。别墅和女人，很容易让人产生丰富的联想，何况是个独身女人，更何况是一个漂亮的独身女人？卜一心里称这女人为"别墅女人"。

别墅女人也经常站在阳台上，而且喜欢站在后阳台，那后阳台正对着卜一这边的阳台。别墅女人有时在阳台上歪着头"当窗理云鬓"，姿势很美；有时牵着条小狗，在阳台上溜达；有时怀里抱着宠物狗，斜倚廊柱往这边观望。虽然看不清她的脸，但卜一想象得出，她的目光专注，含情脉脉。有时看到卜一望过去，她好像还朝这边挥挥手，张了张嘴，想和卜一打招呼。

有一次，卜一又在阳台上远眺。别墅女人也往这边看，抱起怀里的小狗，朝卜一点了点狗头，又抓起小狗的两条前爪，向卜一摆了摆。

卜一心里痒酥酥的，很想跟别墅女人打个招呼，便挥了挥手，喊了声："嘿——，你好！""你好"两个字还没喊出，卜一被自己的大胆和洪亮的声音吓了一跳。卜一瞅瞅隔壁阳台，见隔壁的王老头正从屋里出来，连忙钻进屋里。

一天，卜一出去办事回来，经过那幢别墅前，不由自主地放慢了脚步，好奇地往别墅里张望。门口拴着的大狼狗"汪汪"地叫起来，样子很凶猛。

别墅女人闻声开门出来。

卜一呆住了。女人的长相实在让他难以置信：皮肤粗糙蜡黄，眼睛细小空洞，鼻翼还长一颗粗黑的大痣。

女人上下打量着卜一，眼神像看小偷。

卜一这才回过神来，挤出点笑容："你好！"

女人疑惑地问："你，认识我？"女人的嗓音嘶哑，像破锣。

卜一说："这么说，你不认识我？"

女人摇摇头。

"那你经常向对面那个阳台看什么？"卜一指了指自己那个阳台。

女人告诉卜一，她以前也住在那幢楼，和卜一是楼上楼下。那时，经常和丈夫站在阳台上看风景，冬天晒晒太阳，夏日晚上纳凉。虽然穷一点，但和丈夫天天厮守在一起，和和美美，恩恩爱爱。后来，男人从机关下海，只几年时间就成了大款，买了现在这幢小别墅。可是，房子变大了，丈夫却常年不归家。

女人说，她怀念以前那普通单元楼的生活。

"真想搬回去住。"女人幽幽地说。

初　恋

钟和琴属于一见钟情的那种。那次，钟和琴在火车上相遇，他们俩都去接开水，偶一抬头，心头都有触电的感觉，猛烈颤动，心跳加速。互相间都可用一个词形容：惊鸿一瞥。

后来，从交谈中得知，他们住在同一座城市，现在又是前往同一个地方。一路同行，话就越谈越投机。不知何时，两人的座位已调到了一起，到下火车时，两人就都有点难舍难分了。

回来后，互相开始电话联络，电话里一聊就是大半天。不过，钟打电话给琴，常常占线；琴打电话给钟时也总遇忙音。后来才知道，他们总是同时想到给对方打电话，一方拨打电话时，对方也正往这边拨号。他们感到，电话里聊天实在不过瘾，也很不方便。于是，将电话聊天改为约会。先是五天见一面，后来三天见一面，再后来，一天一面还嫌不过瘾。两人都是第一次恋爱，感觉特别甜蜜。

他们想进一步发展，终生厮守。

可钟的父母却极力反对，理由罗列了一大堆。钟和琴心里都很清楚，千条万条理由，归结为一条，还是他们门不当户不对。这是他们一直担心，想回避却又回避不了的问题。钟是干部子弟，琴却出身于农民家庭。

钟从小就是个听话的孩子，对父母很孝顺。当父母对他和琴的婚事提出反对时，钟是头一回和父母顶嘴。没想到，父母亲却变本加厉反对。钟苦苦哀求，母亲就以死相威胁，躺在床上不吃不喝。

望望父亲板着的面孔，看看母亲消瘦的身体，想想父母的养育之恩，钟动摇了，不得不痛苦地作出妥协。

比钟更痛苦的是琴。琴痛不欲生，躺在床上流了两天两夜的眼泪之后，离开了这座城市，以后便杳无音信。

在父母的呵护和干预下，钟和一个门当户对而又温柔貌美的姑娘结了婚。婚后，老婆对他体贴入微，可以说，是个挺称职的老婆，挑不出什么毛病，同事们都很羡慕他有福气。但是，钟却始终找不到和琴在一起那种心颤的感觉。有时，钟极力想忘掉琴，和老婆一心一意过日子，脑子里却总是挥不掉琴的影子。他也觉得有些对不起老婆，老婆对他越好，这种歉疚感越深。

好在钟对工作非常认真，整天忙于工作，这种平平淡淡的日子过得倒也很快。转眼，儿子已经七岁了，钟在机关也当上了不大不小的官。可算是事业有成，家庭幸福。

不知何时，刮起机关干部下海之风。钟也下海了，不久，就获得成功，尝到了甜头。

后来，钟又到南方去发展。

钟到一家公司去谈一笔业务，刚下车，感觉不远处一个女人的身影很熟悉，一颗心"突突"地狂跳起来，定睛一看，正是琴！

钟又惊又喜，世界真是太小了！

琴还没有结婚。尽管琴当年很痛苦，但毕竟不能完全怪钟。现在，能够在遥远的他乡见面，钟和琴都觉得冥冥之中有一股神奇的力量在起作用，他们的缘分未尽。

跟琴在一起，钟又找到初恋时心颤的感觉。两人旧情萌动，情深意长，爱得死去活来，比当年的感情更深。马路上、音乐茶座里、咖啡厅、大海边，到处有他们浪漫的身影。两人就差同居这一步了。

可钟是个正派人，他不愿做那些苟且之事。他要跟老婆离了婚，再堂堂正正和琴结婚。

然而，天有不测风云，正当钟决定和老婆分手的时候，老婆不幸患了癌症。

老婆毕竟对自己很好，和自己夫妻一场，为自己生了儿子。人非草木，孰能无情。钟陷入两难境地，他想陪老婆走完人生最后的时光，但他对琴无法启齿。

后来，琴知道了实情，明确表示，她可以再等。

钟对琴十分感激。他想，老婆患了不治之症，不会活得太久。他和琴都不希望他老婆带着愤恨离开人世。

想想这几年，自己下海整天在外奔波，到了南方后，心思又放在琴身上，很少回去，老婆一个人在家带着孩子，多么不容易。钟放下公司里的一切事务，怀着十分内疚的心情，回到家里。

老婆有钟整天陪伴左右，心情非常好，加上钟的精心照料，脸色竟然一天一天变得红润起来。

一年过去了，钟老婆的癌细胞得到控制，又一年过去，癌细胞未扩散也没有减少。五年过去，仍然如此。

五年病榻旁生活，使得钟的头发过早地变灰、变稀了。

偶尔想起琴，钟就长叹一声，心里陷入两难境地，很苦。

琴　瑟

瑟和女友琴经过马拉松式恋爱，终于结合了。洞房花烛夜，瑟犹豫了好一阵，惴惴不安地说："琴，我有个毛病，一直没告诉你。"

琴很惊讶："毛病？"

瑟更加诚惶诚恐："我从小就有打呼噜的坏毛病，一直治不好，从今晚起，你可能就再也别想睡安稳觉了。"

琴听了，很不以为然："这算什么毛病。"沉吟片刻又说："其实，我也有个毛病，夜里会挫牙。"

瑟也结结实实吃了一惊，怎么这么漂亮的女人会有这毛病？！不过一想，倒也罢了，自己也有毛病，扯平了，谁也甭埋怨谁。

新婚之夜，互相还真不太适应，不过，到蜜月快满的时候，就谁也离不开谁了。琴说瑟的鼾声很悦耳，起催眠作用。瑟说琴的挫牙声十分动听，在挫牙声中入睡简直是一种享受。幸福、甜蜜之情溢于言表。

半年后，单位派瑟出了趟远差。时间也就一个礼拜。瑟对这趟公差苦恼极了，晚上缺了挫牙声，根本难以入睡，更重要的是影响了工作，没有完成好领导交给的任务。一个礼拜没睡上一个囫囵觉，人整个瘦了一圈，眼窝都凹陷下去了。

好不容易熬到公差结束，瑟疲惫不堪地回到家，已是深夜十二点。掏出钥匙刚要开门，却听屋里有男人在打鼾。瑟立即拔回钥匙。莫非琴趁我出差……？瑟不敢往下想。听着那起起伏伏、节奏明快、雄性十足的鼾声，他的血不由得一阵阵往头顶上涌。他忽然间变得像一头暴怒的狮子，恶狠狠地擂门。

琴急急地打开门，瑟迎头扇了她一巴掌。琴打了个趔趄，跌坐在地上。

瑟急不可待地冲向房间，又踅回来，怒不可遏地揪住琴的头发，责问："人呢，说！你把野男人藏哪了？"

琴莫名其妙："哪有什么男人？"

瑟说："还想抵赖！我都听见他打呼噜了。"

琴立即委屈得大哭起来："那声音是你在家时我无意中录下来的，你出差不在家，我一个人睡不着，就放了录音。呜…呜呜…你个没良心的……"

瑟恍然大悟，愣怔了好半天，追悔莫及，满怀歉意地说："真对不起，我给你赔不是，这也太出人意料了。"

琴却愤愤地说："你的行为难道不出人意料？"

矛盾是化解了，然而，不知怎的，从那夜起，琴对瑟的鼾声便觉得有些别扭。此后，这感觉竟愈来愈强烈，终于到了难以忍受的地步。他们不得不痛苦地分手了。

缘

　　那是一所农村中学，源和芬是高中同班同学，坐在同一排位上。源在左边，芬在右边，中间隔着走道，像界河。那时农村中学男女生之间互相不大讲话。

　　源平时喜欢左手托着头，这样，面孔就微微偏向右侧。有一天，源突然发现"河"那边的芬也喜欢一手托腮看书，只是用右手，脸蛋儿正好侧向这边。不知从哪天起，源看着看着书，就自觉不自觉地抬一下眼皮，目光就射到了芬身上。芬身材苗条，面容姣好，端庄娴淑，性格还有点腼腆内向。不像有的漂亮女生乍乍呼呼爱出风头。漂亮女生大多成绩比较差，像芬这样既漂亮成绩又好的女生真是难得。源常常这样想着，心就飞出了书外，目光就越过河去，直直地停在芬的身上，久久拽不回来。

　　后来，源惊喜地发现，芬也常朝这边瞥，两个人的目光就免不了发生碰撞，但只是轻轻一触，便倏地逃开了。过了一会儿又重演一遍。这样一来，老师的讲课声在他们耳里就断断续续，支离破碎。

　　源和芬的学习成绩直线下降，结果高考都落了榜。

　　但是，直到毕业，他俩谁也没有淌过那条河。

　　以后，源和芬分别在两所学校补习。补习中的源时刻思念着芬，终于鼓足勇气，给芬写了求爱信。然而，在焦灼中苦苦盼了一个月，却杳如黄鹤，没有得到芬的回信。源并不气馁，一封接一封地写信。他固执地认为，芬对他也是有意的，从她的目光里可以读出来。

一个学期过去，源共写了一百封信，都是有去无回，石沉大海。在写第一百零一封信时，写着写着，源忽然就有些心情沮丧，便将信揉了。源死了心，决意忘掉芬，一心一意扑到书本上。通过第二学期的努力，源终于考上了大学。

大学毕业后，源留在了省城。

参加了工作，就有同事开始张罗着介绍对象。然而，接连介绍了好几个，源却一个也不中意。

一次，源在街上见到一个女孩，背影袅娜，极像芬。源怦然心动。原来，自己一直没有忘掉芬。源就想办法接近那个背影像芬的女孩。女孩叫巧，也是刚刚大学毕业，还没有对象。后来，两人进展竟然出奇的顺利。

源和巧结婚那天晚上，新娘交给源一个像档案袋一样的大信封，说："今天邮电员刚送来的，还一个劲道歉，说这封信不知什么时候怎么夹到一堆旧报纸里，今天才发现。"

源疑惑地打开已经发黄了的信封。天，竟是芬！

芬说，当初接到源的信，她非常激动，辗转难眠，立即写了回信。但是，考虑不能影响源的学习，而且她的父母也要求她读书时期不准谈恋爱，所以压抑着痛苦，硬着心肠没有寄出回信。

芬说，以后，每收到一封源的信，她都及时写了回信。

芬说，说实话，那段日子，她快要抵挡不住了，暗暗下决心，只要收到第一百零一封来信，她就马上改变初衷，豁出去，把回信寄了。好在第一百封信之后，源就停止了进攻，使他俩得以专心学习。现在好了，两人都工作了，而且分在同一座城市。

芬说，现在她终于可以郑重地答应他的求爱，并将以前的一百封回信同时寄来。

芬说，芬说，芬说，说，说，说……

源的头脑里乱糟糟的，捧读芬的厚厚一叠的一百零一封信，叹息一声，又叹一声。

家长会

星期六，学校要开家长会。这可急坏了三年级学生王大志。

王大志最怕开家长会。他的父母都在南方打工，已经好几年没回来了，每次家长会都是奶奶来代开。王大志怕开家长会的另一个原因，是他的成绩不太好，经常迟到早退，有时还逃学，在学校老跟同学打架，所以，家长会上总是挨老师批评。

王大志放学回到家，把学校要开家长会的事跟奶奶说了。

其实，奶奶也不愿意去开会。奶奶不识字，扁担长的"一"字都不认识，老师讲话她半懂不懂，而且年纪大了，老师讲的事情她压根记不住，回到家也学不全。

可她不愿去也得去。前几年儿子和媳妇受不了家里的穷，双双出去打工，把孙子托付给她，他们小夫妻俩在外边很辛苦，工作太忙，连过年都回不来。老伴过世早，家里就她和孙子一起过，开家长会的事她是无可推卸，推不脱躲不掉。

星期六上午，奶奶到了学校，找到二楼东头王大志的班级。教室里已坐满了家长，大多是老头老太，他们都是学生的爷爷奶奶，也有少数是孩子的母亲。这也难怪，现在年轻人谁不出去打工赚钱？村里哪家如果没个人在外面打工，准是贫困户，一分钱要掰成两半花。她家就因儿子和媳妇在外打工，手头上才比较活络，小两口经常寄钱回来。

奶奶在后排寻一个凳子刚坐下，老师就进来宣布开会。奶奶瞧老师面生，不是以前来开会见到的那两个老师，心里琢磨，大概是换老师了。

老师讲了很多，奶奶似懂非懂。但她十分留意老师表扬和批评的学生里有没有王大志，这可是关键问题。然而，竖着耳朵听了半天，也没听到王大志的名字，批评和表扬的名单里都没有。奶奶非常高兴。以前王大志成绩很差，总是吃批评，她干着急，数落孙子，他也不听，她又不识字，更没法辅导孙子的学习。今天的会上，王大志虽然没被表扬，但也没被批评，看来，孙子最近懂事不少，有长进了。

散会之后，奶奶特地顺道从镇上买回一只大蛋糕，奖给孙子。

王大志喜出望外，吃得津津有味。一大一会儿，就把一只蛋糕消灭了。

王大志舔舔嘴唇，问："奶奶，今天怎么想起来买蛋糕给我吃？"

奶奶说："以后在学校表现的再好一些，奶奶会经常买好东西给你吃。"

王大志感到有些奇怪，他最近期末考试又考了个倒数第三，奶奶怎么会奖励他呢？忽然想起什么似的，问："奶奶，你在哪个教室开的家长会呀？"

奶奶说："我又不是没去过，还是以前开会的那个教室，就是二楼最东头那个。"

王大志说："奶奶，错了，错了。我们班搬到一楼西头了。"

"啊？我说怎么老师换了呢。"奶奶很懊恼。

王大志急得哭起来，凡是家长没去开会的，第二天肯定要被老师批评。

奶奶把孙子搂在怀里哄："都怪奶奶不好，老糊涂了。"

哄着哄着，奶奶心里就生起儿子两口子的气。

门　铃

　　老吕和老伴搬进新居后，在门上装了只门铃，说是免得敲门声惊扰得四邻不安。

　　装上门铃，既方便，又安全。门铃带有对讲功能，来人按响门铃后，里面的主人听到铃声，打开开关，和门外的人搭上话，知道是谁了，才打开门。

　　小儿子反复叮嘱，遇到声音不熟悉的人，就不能开门，尤其是晚上，更得提高警惕，虽说现在社会治安比较好，但仍要小心谨慎，有道是警钟长鸣，有备无患。

　　小儿子叮嘱完，就走了。儿女们大了，有自己的事，都很忙。

　　门铃声是音乐的，一按门铃，里面就响起歌曲《祝你平安》的音乐，老吕十分满意。当初买门铃时，在各种音乐门铃中，他就选中这种带《祝你平安》的。老百姓居家过日子，不就图个平平安安么，平安就是福嘛。

　　老吕退休在家，无事可做，闷得发慌。若每天门铃里唱几遍"祝你平安，祝你平安"，老吕觉得心情舒畅了许多。

　　有一天，老吕正看电视里的肥皂剧，门铃唱起《祝你平安》。由于是大白天，老吕没有同来人通过门铃对讲，径直打开门。

　　门外站着个中年汉子，满脸堆笑，开口就祝贺老吕中了奖。原来是推销产品的，所谓中奖只不过是一种诱饵。明知产品质量和价格都不可靠，但由于门铃里两句"祝你平安"的作用，老吕还是体谅推销员的不容易，掏钱买下两瓶化妆品，还热情地招呼人家进屋喝水。

还有一次，门铃里又唱"祝你平安，祝你平安"。开门一看，却是个白发苍苍的乞丐。老吕毫不犹豫地给了两元硬币，心里有种帮助别人的愉快感，差点脱口说出"下次再来"。

有时无人来访，门铃就像个哑巴，老吕心里竟然有些落寞。于是，自己去按两下门铃，厅里面唱《祝你平安》，还故意按的长一点，将一首完整的歌曲听完。

老伴笑他像个老小孩。

老吕越来越喜欢这门铃，每天早上起床第一件事，就是去按按门铃。老吕对老伴说，早上起来就有人给你道个平安，多好！

前不久的一天晚上，老伴心脏病发作，住进医院。老吕和儿女们都在医院里陪着，一直到天亮才回来。老吕到家一看，屋门敞开，屋里被翻得乱七八糟，值钱的东西被小偷洗劫一空。

老吕赶紧打 110 报警。110 出警车只几分钟，就赶到了。

老吕感到很蹊跷，平时一直都有人在家，唯独那天晚上没人，小偷就光顾了，怎么就那么巧？老吕反复琢磨，百思不得其解。

后来，案子很快就告破，被偷去的东西都完璧归赵。

老吕紧紧握着警察的手，感激不已。

警察告诉他，据小偷交代，那晚，小偷本来不知屋里没人，并不敢贸然撬门入室，后来按响门铃，见屋子里没人答应，确认没人在家，才敢大胆下手。

签 名

王强不仅是个歌迷，还是球迷、影迷。总之，有什么明星他就迷什么，逮着明星、名人就挤上前去，请人家签名。准确地说，应该称他为签名迷。他家明星签过名的本子、汗衫、衬衫、足球、太阳帽，堆了半个房间。这是他常常向人炫耀的资本。

王强没有工作，和退休的父母生活在一起。但王强说，他是个富翁，那些签过名的东西都是无价之宝，随便拿两件出去拍卖，都足够他吃喝。

只要一听说附近哪个地方来了明星，王强都会兴奋不已，马上赶去，想方设法接近明星，软磨硬泡请人家签名。

有一回，邻近的一个城市举办了一场晚会，听说请来几个大腕压台。王强提前一天就赶去，可到那里之后，几个明星架子很大，难以接近，根本就不愿签名，有的歌迷死皮赖脸凑上去，还遭到明星的呵斥。王强好不容易瞅个空，在宾馆大厅里逮着一位长得很漂亮的演员，王强心想，大腕不肯签，"小腕"签一下也行呀，否则就白跑一趟了。便拿出签名本请这演员。可她说她不是演员。王强说："谁相信，瞧您这长相，这气质，怎能不是演员呢？一定是谦虚。"王强好说歹说，她还是不签，抬腿要走。王强拦住她，把本子和笔塞到她手里。她这才很不情愿地在本子上签了起来。王强连声致谢。那演员说："对不起，我下班了。"王强一听，感觉不对劲，再看本子，只见上面写道：谢谢光临本大酒店。落款：本店领班。

王强哭笑不得。

这几天，本地大小传媒纷纷开始炒作，近期本地将举办一场大型文艺晚会，声称此次演出明星荟萃，阵容强大，一流的灯光，一流的音响，一流的演员，将以一流的节目奉献给广大观众，让观众一饱眼福。

歌迷们热血沸腾，跃跃欲试，早早做好准备，单等明星大腕们一到，就请他们签名。

在人们望眼欲穿的等待中，明星们终于来了。明星们到宾馆一下车，众多歌迷立即蜂拥而上，把他们围个水泄不通。有的拿着签名本，有的举着太阳帽，争先恐后地请求崇拜的、不崇拜的，熟悉的、不熟悉的，出名的、不出名的明星签名。有的歌迷干脆弯下腰，让明星在他穿着的文化衫后背上签。

在场的警察和保安见这阵势，慌了，连忙强行驱散这些苍蝇似的歌迷。

一个个明星在警察的护卫下，才得以进入宾馆的房间。

若不是警察拦住，歌迷们肯定要挤进明星的房间里。因为有警察拦着，大家只好在宾馆门外耐心等待，却又目不转睛地盯着宾馆门口，唯恐明星从自己眼皮底下溜走。王强时不时跳起来，从前面歌迷的肩膀上向里张望。

等明星们出来，歌迷们一哄而上。看着前面的人喜滋滋地拿到一个个明星的签名，王强十分眼馋，恨不得像武打片中的武林高手一样，使出浑身解数，踏着前面黑压压的人头，飞身跃到明星跟前。可王强不是武林高手，王强长得瘦小，加上最近几天拉肚子，拉得浑身绵软，四肢乏力，无精打采，所以根本无法接近明星，只好慢慢地往前挪动。

这次的明星们倒是大多数不拿架子，他们一一接过崇拜者递过来的本子、帽子，飞快地在上面签着。

王强眼看就要够着一位明星的手了。王强不认识这个明星，但既然这么多人找他签名，肯定是个大腕级明星。王强心里激动不已。可就在这时，明星停止了签名，转身上车。王强急得尖叫一声，瘫软在地。明星见此情景，从车里钻出来，接过王强手中的太阳帽，飞快地签了名。

王强得到了签名，早已来了精神，站了起来。王强心想，明星就是明星，连签名都这么潇洒，就这么一划拉就行了，天底下再没人比明星的写字速度快了。

明星上车走了。王强低头看着手中的帽子，帽子上的字龙飞凤舞，狂草一般。王强歪着头，琢磨了老半天，却没认出签的是什么字。

王强想问旁边的人这位大明星叫什么名字，话到嘴边又咽回肚子里。

王强后来问一个也去签名的铁哥们，铁哥们神秘地一笑："你怎么这么傻！你以为那些求签名的都认识明星吗？"

至今，王强也不知道这个明星的名字。

新发明

发明家发明了一种新仪器，这种仪器戴在头上，跟孙悟空头上的紧箍咒差不多。仪器的主要功能是圆你发财梦。当然，不是真的发财，而是让你在迷迷糊糊、半睡半醒间，变成百万富翁，得到点心理满足。

发明家具有严谨的科学态度。仪器发明后，没有立即公诸于世，申请专利，他还要做很多实验。只有经过若干次试验证实仪器的效果后，才能大批量生产。

听说发明家要做试验，许多人闻风而动，争先恐后报名，都想过把发财瘾。甚至有人说："过把瘾就死，也值得。"

第一个被试验的人是个家徒四壁的穷光棍，三十好几了，还没娶上媳妇，原因是家里穷，拿不出彩礼钱。

发明家让光棍戴上仪器，一个人呆在一间屋子里。发明家自己则坐在监控室里，从电脑上可以看见光棍的未来，观察光棍发财后的一举一动。

发明家看到，这个光棍就好像换了个人似的，眼镜贼亮，喜形于色，嘴里嚷道："我发财了，发财了，发了。"光棍发财后，第一件事，就是花一大笔财礼，娶了位年轻貌美的妻子。和妻子生活一段时间后，又买了小汽车、小别墅，小别墅里养了个妙龄小情人，小情人怀里抱着小狮狗。光棍说这"四小"是一种时尚。

光棍成天和情人在一起鬼混，显示屏上出现鬼混的镜头。

发明家叫道："停停停，像什么话！"连忙冲进屋去，摘下光棍头上的仪器。

光棍意犹未尽地说："还没过瘾。"

发明家置之不理，把仪器戴到第二个试验者头上。

第二个被试验者是个小公务员。发明家从电脑上看到，小公务员发财后，竟然拿钱去行贿，试图通过行贿买官，当了官后再去贪污受贿捞钱，还说这叫钱生钱。

发明家赶紧又去摘下公务员头上的仪器，教训道："找死呀，不知道现在反腐力度大吗？你以为官都是买来的吗？想当官得走正道！幸亏这玩意不能让你真发财。"

小公务员满面羞愧，无地自容。

第三个被试验者是个不明身份的人，此人衣衫褴褛，精神萎靡，情绪低落。

然而，戴上仪器后，只见他顿时变得精神亢奋，得意洋洋，挺腰凸肚，仰天狂笑一阵后，冲着周围的人叫嚷："我也有钱了，有钱长三代，没钱龟孙子。从今以后，我再也不用装孙子了，以后就是爷了，你们都得叫我爷，叫我爷。哈哈哈哈，哈哈哈哈……"笑罢，指着一个小青年，又指指天，问："天上这是太阳还是月亮？"

小青年回答："当然是太阳。"

他扔了一沓钱给小青年："不对，这是月亮。"

小青年马上说："对对对，瞧我这眼神，刚才看错了，是月亮。"

他很满意，然后，又指着一个老头，要老头给他磕三个响头，叫他爷爷。

论年龄，老头可以当他父亲，哪能给他磕头？

他扔一沓钱过去。

老头却不愿照他说的做。

他又加两沓钱。

老头有些动心，迟疑片刻，双膝一弯，颤巍巍的就要往下跪。

发明家愤怒至极，一把抢过仪器，狠狠地摔碎在地上。

长途汽车上

午后的长途汽车上，喇叭里播放着舒缓柔曼的轻音乐，旅客们有的香甜地进入梦乡，有的懒洋洋闭目养神。

突然，"嘘"的一声，汽车停了下来。惊醒的旅客揉揉惺忪睡眼，望望车窗外，原来是到了一个途中小站。

车门打开，上来两个旅客。其中一个长相和打扮，像个刚发迹的老板；另一个旅客戴副宽边墨镜，光头，铁青着脸，右侧脸颊上有一道长长的刀疤，像条大蜈蚣，十分醒目，一看就是从"里边"刚出来。

旅客们顿时警觉起来，睡意全无。车厢内一阵骚动，但马上又复归平静。

车门关闭，汽车启动，车速由慢渐快。

"老板"将车厢内的顾客扫视一遍，向里走去，在靠后边一名打扮入时的女人身边坐下。"刀疤"也向车厢扫视一眼，目光在"老板"身上停留一会儿之后，坐在车门对面的座位上。

人们想起绑架、抢劫之类的种种传说。

车厢里鸦雀无声，只听见车轮飞速碾在柏油路面上的"沙沙"声。偶尔，迎面而来的车辆按响喇叭，打破车厢里的寂静。

不一会儿，"老板"和"刀疤"打起瞌睡。旅客们也渐渐放松了警惕，眼皮变得越来越沉，车厢里还响起轻轻的呼噜声。

不知过了多久，旅客们睡了一觉之后，发现"老板"移到了"刀疤"后面的座位上。而"刀疤"坐到车门后面第一排座位上。

一路上，陆续有人招手要搭车。司机是个好心人，同时也想多挣点，便让他们上了车。

汽车终于到达终点站。车还没停下，人们就纷纷站起来收拾行李，并开始慢慢往前移动。一个乡下老头嚷起来，说他的钱包不见了。

车厢里立刻像炸了窝，人们叽叽喳喳起来。有人提醒老头在座位周围再找一找。

老头伏下身子在座位底下仔细寻找一遍，未见钱包的影子。老头哭了，眼泪一把鼻涕一把，说他的钱是东挪西借来给瞎眼老娘治病的，这可怎么办？

大家唏嘘不已，深深同情老头的不幸，同时，又痛恨小偷实在可恶。不少旅客不由得将目光投向"刀疤"。

"老板"也向"刀疤"看去。

"刀疤"狠狠剜了"老板"一眼。

"老板"对人们说："他就是小偷！"

话音刚落，就有四个人围住"刀疤"。旅客们纷纷摩拳擦掌，一定要把"刀疤"捉拿归案。

四个人却不是"刀疤"对手，被一一撂倒。

"老板"对司机说："快打开门，让我去报警。"

司机开了车门。"老板"迅速跳下车。

"刀疤"也跳下去，三步两步追上了"老板"，两人扭作一团。

人们为"老板"捏一把汗。

这时，坐在后面那个打扮入时的女人惊叫起来，她的小拎包被割开一道口子，里面的钱和首饰不翼而飞。

"老板"不是坐在这女人身边吗？旅客们有点疑惑。

正当人们不知所措之际，警察赶到了。"老板"、"刀疤"以及四个围住"刀疤"的人，都被带到了派出所。

案子终于真相大白。原来，"刀疤"是刚退役的武警战士，前不久，同一群持刀抢劫的歹徒搏斗受伤，刚刚出院，头发就是治疗头部伤时剃去的。

那四个人是相继从不同站点招手上的车，他们和"老板"是这条线路上的盗窃团伙。

狗亲家

　　老万和老马本来互不相识。但有缘注定要相识。

　　时下都兴养宠物，这座不大也不富裕的小城就有两个宠物市场，生意很火爆。老万和老马两家都养了宠物狗。只不过老万是个官，那狗就名贵些；老马是个普通看大门老头，养的狗就普通些。

　　每天早上，老万很忙，找他的人太多，或公事或私事，或者干脆就没事，只是来串个门，拜访一下，联络感情。遛狗的事自然就落到老婆身上。早饭有保姆做，老婆说反正闲着也是闲着。其实他们全家也就数老婆顶喜欢小狗，老万没时间也没那兴趣。

　　老万老婆每天在别墅前的草坪上遛狗。而每在早上的这时候，看大门老头老马也遛狗，不过是在公园里。老马遛了个把钟头，估摸着老太婆该做好饭了，就哼着淮剧，乐悠悠地回家。

　　一天早上，老万老婆把小狗从木制的别墅式的狗屋里牵出来，照旧到门前草坪上。那小狗两条后腿一蹲，拉了屎尿后，就躁动不安起来，"汪汪汪"地直叫唤，拼命地往别墅区外面挣。老万老婆对宠物也太宠了，拉了两下没拉住，索性由着狗性子，听之任之，狗往哪走她往哪，嘴里还不住声地叫"小乖乖，慢点儿，慢点"。那小狗越发得意起来，欢叫着一溜小跑，牵着老万老婆，七弯八拐地，来到公园。公园里很多人在晨练，跑步的、打拳的、舞剑的、跳健身舞的，十分热闹。老万家宠物狗对热闹处瞧也不瞧一眼，径直跑到一丛花木旁。

花木旁的石凳上，坐着个老头，这老头就是老马。老马捧着小收音机，眯着眼睛，听里边唱戏，脚边趴着小狗，狗链子绕在狗肚子上。

老万家的狗跑到这里，娇滴滴地哼了两声，老马的小狗立刻来了精神，一骨碌站了起来，摇动小尾巴，颠着小碎步，迎了上去。老万老婆尖叫起来："嘿！嘿！"不知是叫狗还是叫老马。看老马没反应，又叫："喂，你的狗。"老马这才知道是叫他，睁眼一看，自己的小狗跑到人家的小母狗那儿调情去了。再打量人家那狗，一看就是名贵品种，还戴着金光闪闪的粗项链，狗主人更是打扮不俗。老马立刻去追自己的狗，可那狗链绕在肚子上，哪里抓得住，平时很听话的小狗这时很不给他面子，跳来跳去躲避他。老万老婆也往怀里拽自己的狗，狗却用力一挣，挣脱了。两条小狗肩并肩跑了。两个主人跟在后面追，追到一大片野蔷薇丛里，两条小狗欢叫着，钻了进去。主人却因花丛有刺进不去，干瞪眼。两条小狗在花丛里便旁若无人，你恩我爱起来。

等了好一会儿，两条小狗终于心满意足地出来，各自回到主人脚边，温柔地蹭着主人的裤脚表示歉意。主人看两个宠物已成了事实婚姻，生米做成了熟饭，也只好作罢。

由此，老马和老万两家就认识了。老万家倒也没嫌弃老马家，特别是后来得知老马与自己上级的头儿沾亲带故，就更不嫌弃了。两家狗主人还经常在一起谈论狗经，怎么为狗洗澡，怎么增加营养，怎么防病治病，围绕狗的话题说也说不完。

老万家的小狗下崽，老马夫妻俩还经常过去看看，捎点营养品去。瞅那小狗崽胖嘟嘟的，心里的高兴劲儿，就好像自己家添了小孙子。

不知何时，两家竟戏称是狗亲家。后来，干脆把"狗"字省略掉，简称"亲家"。不知内情的人，还真以为是儿女亲家呢。

亲家就要有亲家样，有事要互相帮忙。老万仕途不顺，遇上点麻烦，便想到狗亲家老马。请老马一起去上级的头儿那里拜访拜访，当然不能空着两手去。后来事情就摆平了。

有了这次收获之后，老万受到启发，家里那名贵的宠物狗再下崽，满月之后，便主动将小狗崽一一送给当地的、上级的头头脑脑们。没事的时候走走亲戚串串门，看望看望狗儿子、狗孙子、狗婆家、狗表亲，谈谈养狗之道。有了这些方方面面的狗关系，老万的官就当得得心应手，直至足足到龄了，才退休。

退下来的老万，每天早上亲自遛狗，而且大老远跑到公园里遛，见到老马，双方都热热地招呼一声："亲家！"